新潮文庫

ブラームスはお好き

サガン
河野万里子訳

新潮社版

11883

ブラームスはお好き

ギイに

第1章

　ポールは鏡に映った自分の顔を見つめながら、三十九年のあいだに蓄積された敗北とでも呼べそうな痕跡を、じっと観察していた。ひとつひとつすこしも動揺することなく、こういうときにありがちなささくれ立った感情にもならず、何も気にしていないように落ち着いたまま。二本の指であちこちの皺《しわ》を確認したり、影を消そうと引き伸ばしたりしてみるが、なま温かい肌はまるで誰かほかの、別のポールのもののようだ。美しくあろうと情熱を傾け、「若い女性」から「若々しい女性」へ女としてのカテゴリーが変わっていくことに抵抗していた、別のポールの。ほとんど見知らぬ女の。

　鏡の前に来たのは、時間をつぶすためだった――そう思い出して、彼女はふとほほえんだ。同じその時間こそが、じわじわと自分を蝕《むしば》んで、かつては愛された容貌を損なってきたと気づいたからだ。

ロジェは九時に来る。でもまだ七時だ。時間がたっぷりある。ベッドに寝ころんで目を閉じ、何も考えずにいる時間、緊張をほぐしてリラックスする時間が、たっぷり。だが夜になってひと休みしなくてはならないほど、昼間にいったい何をそんなに夢中になって、疲れきるまで考えていたというのだろう？とりとめもなく部屋から部屋へ、窓から窓へ、なんとなく不安で歩いてしまうこの感じには覚えがある。そう、子どものころの雨の日に似ている。

ポールはバスルームへ行き、かがんでバスタブの水に触れた。すると不意に、今度は別の男のことがよみがえってきた……。あれはおよそ十五年前。ポールはマルクといっしょだった。ふたりで結婚二年目の夏休み《ヴァカンス》を過ごしていたのだが、彼女は何もかもこれ以上は無理だとすでに感じていた。ふたりはマルクのヨットに乗っていて、帆は風を受け、まるで不確かな心のようにはためいていた。彼女は二十五だった。だがそのとき突然、ポールは全身が幸福感に満たされていくのを感じたのだ。自分の人生のすべてを受け入れ、この世を受け入れ、稲妻に打たれたように何もかもこれでいいのだと納得した。そしてそんなふうに感じた顔を隠すため、ヨットの縁から身を乗り出して、流れ去る水に指を浸そうとした。小さなヨットは傾いた。マルクはいつものように、ポールを盗み見るような、うんざりした目を向けた。とたんに彼女の幸福感は、皮肉な気持ちに飲みこまれていった。

それからも、ポールはもちろん幸せだった。ほかの男たちと、あるいはほかの男たちによって。でもあのときの、かけがえがないと感じたほど完全な幸福感は、二度とやってくることはなかった。やがてそれは思い出となり、はたされなかった約束のように感じられるばかりとなったのだ。

＊

もうじきロジェが来る。ポールはわかってもらおうとして、話すだろう――いや、話そうとするだろう。するとロジェは、人生のいかさまを見つけるたびに満足げになるあの態度で「うん、そうだな」と言うだろう。存在の不条理や、そうしたいかさまが不条理を引き延ばそうとするかたくなさについて、彼はほんとうに熱をこめてしゃべる。

もっとも彼の場合、そうしたすべてが、尽きることのないバイタリティーと強い欲望と、要するに、生きることへの大いなる満足感で埋めあわせされているのだ。それがいったん停止するのは、眠るときだけ。だから彼は、あっという間に眠りに落ちる。片手を心臓の上に置いて、起きているときと同じように、眠っていてさえ自分の生に気を配りながら。

いや、ポールはロジェに話せないだろう。もういやだ、ふたりのあいだのルールみたいな「自由」には疲れた、とは。その自由は彼だけが享受していて、彼女にとっては孤独でしかないのだから。自分がときどき、あなたの大嫌いな、気むずかしくて所有欲の強い女のように思えてしまう、とも言えないだろう。彼女には急に、がらんとしたアパルトマンが、無意味でぞっとさせられるものに見えてくる。

九時、ロジェがチャイムを鳴らした。ドアを開け、ややどっしりした体つきの彼が目の前でほほえんでいるのを見ると、ポールはまたも、あきらめとともに心のなかでつぶやいた——これがわたしの運命なんだ。わたしはこの人を愛している。

彼はポールを抱きしめた。

「素敵な服だね……。きみがいなくて寂しかったよ。ひとり？」

「ええ。入って」

〈ひとり……？〉——もし彼女が〈いいえ、悪いところに来たわ〉と言ったら、彼はどうしただろうか？ だがこの六年、ポールがそう言ったことは一度もない。それでもロジェは「ひとり？」と訊《き》くのを欠かさなかったし、時には「邪魔して悪いね」とあやまりもした。世慣れたそんな抜け目のなさが、気まぐれなところよりもっといやだと彼女は非難した。（だが自分のせいで、ポールが孤独で不幸であるかもしれないという考えなど、ロジェには認めることさえできなかった）。

ポールは彼にほほえんだ。彼はワインのボトルを開けると、グラスふたつに注いで腰かけた。

「こっちへおいで、ポール。今夜はどこで食べたい？」

ポールは彼のそばにすわった。彼も疲れた様子だった。だがポールの手を取ると、ぎゅっと握った。

「今日もいろいろあってね」ロジェが話しだす。「例の仕事はくだらんし、まわりのやつらは信じられないほどばかで腰抜けだし。ああ！ 田舎で暮せたらなあ……」

ポールは笑いだした。

「そしたらケ・ド・ベルシー〔訳註 セーヌ川沿いの埠頭〕が恋しくなるわよ。倉庫やトラックもね。寝そべりそれにパリの長い夜も……」

ロジェは最後のひとことに微笑すると、伸びをして、そのまま長椅子に寝そべり仰向けになった。ポールはふり向かなかった。自分の手の上に置かれたままの、彼の手を見つめていた。開いた大きな手を。

彼のことならすべて知っている。額の生え際までびっしり生えている髪も、すこし飛び出たような青い目に浮かぶ豊かな表情も、唇の皺も。すべて覚えてしまっている。

「そういえば」とロジェ。「長い夜っていえば、こないだの晩、お巡《まわ》りにしょっぴかれちゃってさ、ガキみたいに。殴りあいをやっちまったんだが、四十過ぎて警察とはな……。そうだろう？……」

「どうして殴りあいなんかしたの？」

「覚えてない。でもむこうはだいぶ飲んでた」

そして、この派手な立ちまわりの記憶に奮い立たされたように、ロジェは一気に立ちあがった。

「どこに行くか決めた。『ピエモンティア』にしよう。それから踊りに行くんだ。ぼくが踊れるって認めてくれるんならね」

「あなたのは、行ったり来たりしてるだけ」とポール。「踊ってるんじゃなくて」

「みんながみんな、そう思ってるわけでもないんだぜ」

「あなたが射止めたかわいそうな女の子たちのことを言ってるんなら、話は別」

ふたりは笑いだした。ロジェのちょっとした浮気は、いつも格好の冗談の種だ。

ポールはすこし壁にもたれてから、階段の手すりに手をのせた。なんだか元気が出なかった。

ロジェの車のなかで、彼女はぼんやりラジオをつけた。メーター類が放つ青白い光で、一瞬、自分の手が浮かびあがる。ほっそりして手入れの行き届いた手。だが静脈が指のほうまで伸び、混じりあって複雑な模様を描いているのが皮膚から透けて見える。

〈わたしの人生みたい〉

ポールは思った。でも、すぐにそれは違うと思いなおした。好きな仕事があり、悔いのない過去があり、いい友人たちがいる。ずっと続いている男性《ひと》もいる。

ポールはロジェのほうを向いた。

「わたし、何回こんなふうにしてるかしらね？　あなたと夕食に行くのに、この車のラジオをつけて――」

「さあ」

ロジェは横目でちらりとポールを見た。すでに長い年月つきあい、彼女の愛を確信しているにもかかわらず、今でもロジェは彼女の機嫌に驚くほど敏感で注意を怠らない。出会ったばかりのころと同じように……。だから彼女は「ねえ覚えてる？」などという言葉は飲みこみ、今夜の感傷的な気分にはじゅうぶん気をつけようと心に決めた。

「そういうのに、くたびれてきた？」

「そうじゃなくて、わたしがちょっとくたびれてきたんじゃないかって、このごろときどき思うの」

ロジェは彼女に片手を差し出した。彼女は両手でその手を握った。ロジェはスピードを出していて、見慣れたいつもの道がどんどん車の下に吸い込まれていく。パリは秋の雨で濡《ぬ》れて光っている。ロジェが笑いだした。

「どうしてこんなに飛ばすのかな。若いところを見せたいんだろうな」

ポールは答えなかった。知りあって以来、ロジェは彼女に若いところを見せてきたし、事実「若い男そのもの」だったのだ。そう告白したのはつい最近のことで、ポールはそんな話を聞かされたこと自体に怯《おび》えた。彼への理解や愛情があるのをいいことに、いつの間にか打ちあけ話の聞き手という役にまわされるのが、こわくてたまらなくなった。ロジェは今やポールの人生そのものなのだ。ロジェはそれを忘れていたし、ポールも誇りある慎みから、彼が忘れているよう仕向けてはいたのだが。

ふたりは静かに食事をした。ロジェは自分の会社も含め、運送業全般に共通の問題について話し、ポールは、ディスプレーを担当している何軒かの店舗で起きたおもしろい話をふたつ三つ聞かせた。それからオートクチュール店ジャック・ファット〔一九一二―一九五四。バレンシアガ、ディオールなどと並ぶ大御所として活躍〕のところに来る客が、ぜひポールに自分のアパルトマンのインテリアをまかせたいと言っていることも。アメリカ人女性で、かなりの金持ちだという。

「ヴァン・デン・ベッシュ?」とロジェ。「聞きおぼえがあるな。ああ!　そうだ……」

ポールは眉を上げた。彼の愉快そうな様子で、その名からある種の思い出がよみがえったとわかったのだ。

「昔、知ってたんだよ。戦前だったかな。いつも『シェ・フローランス』にいてね。モンマルトルのジャズクラブさ」

「それからその人、結婚して、離婚して……」

「そうそう」遠い目をしてロジェが言う。「名前、何ていったっけ……」

ポールは腹がたってきて、不意に、彼の手のひらにフォークを突き刺してやりたくなった。

「名前なんてどうでもいいの。お金は相当あって、センスはゼロ。わたしが稼ぐのにうってつけ」

「今、いくつなんだろう？」

「六十代でしょ」

ポールは冷淡に言ってから、ロジェの顔を見て、はじけるように笑った。ロジェはテーブルごしに身を乗り出して、彼女を見つめる。

「きみはほんとにひどいよ。ぼくを落ちこませることなら何でもやるんだから。それでもきみを愛してるけど、ほんとはそうすべきじゃないんだ」

ロジェは被害者ぶるのが好きなのだ。ポールはため息をついた。

「とにかく、明日お宅へ行ってくるわ。クレベール大通り〔パリ十六区の高級住宅街エリアにある〕よ。急いでお金がいるの」ロジェが手を挙げたので、ポールはすばやくつけ加えた。「そう、あなたもね」

「ほかの話をしよう」とロジェ。「ちょっと踊りに行こうか」

ナイトクラブで、ふたりはダンスフロアから離れた小さなテーブル席にすわり、人々の顔がつぎつぎ通り過ぎるのを何も言わずに見ていた。ポールの手の上にはロジェの手が重ねられている。〈完璧に守られている〉とポールは感じる。誰かほかの男性《ひと》を知りたいなどとは、まったく思わない。でもその確信から湧いてくるのは、悲しみの入り混じった幸福だ。

ふたりは踊った。ロジェはしっかりポールを抱いて、リズムに合わないまま、でも非常に満足そうに、フロアの端から端までリードした。ポールはとても幸せだった。

それからふたりは、車で帰ってきた。ロジェは先に降りると、玄関ポーチの前でポールを抱きしめた。

「おやすみ、今夜はゆっくり寝かせてあげるよ。また明日、愛しいきみ《モン・シェリ》」

そして軽くキスをし、去っていった。ポールは手を振った。最近彼は、ポールをひとりで寝かせることがますます増えている。部屋は寒々《さむざむ》としていた。目に涙がこみ上げてくる。ポールはきちんと身のまわりの物を片づけてから、ベッドの上にすわった。今夜もまたひとり。そしてこれから先も、孤独な夜がずっと続いていくのだろうか。けっして乱れることのないシーツと、長患《ながわずら》いでもしているかのような暗い静寂に包まれて。横になると、ポールは本能的に腕を伸ばした。そこに、触れることのできるあたたかな脇腹があるかのように。そしてその誰かの眠りを覚ますまいとするように、そっと息をした。

男でも、子どもでも、誰でもいい。自分を、この肌のぬくもりを、眠るとき、そして目覚めるときに必要としてくれる誰かがいてくれるなら。けれどほんとうに彼女を必要としている人は、誰もいない。ロジェが、思い出したように時おり……。でもやっぱり違う。ロジェは彼女をほんとうにではなく、熱情的にでもなく、単に生理的に求めるだけなのだ。ポールはときどき強くそう感じていた。ひそやかに、痛切に、ポールは孤独をかみしめていた。

*

ロジェは自宅の前に車を止めてから、長いあいだ歩いた。深く息を吸って、すこしずつ歩幅を広げていく。いい気分だ。ポールと会えば必ずいい気分になる。ロジェは彼女だけを愛している。ただ今夜は別れぎわに、なんだか悲しそうだと感じたが、何と言えばいいのかわからなかった。ポールは漠然と何かを求めている。彼が与えられないもの、これまで誰にも与えることができなかったものを。それがロジェにはよくわかっていた。

おそらくあのままいっしょにいて、彼女と寝るべきだったのかもしれない。女を安心させるには、やはりそれが一番だ。でも彼は歩きたかった。夜の街を、ただあてもなく歩きまわりたかった。石畳に響く自分の靴音を聞き、隅から隅まで知っているこの街を見守りたかった。それに、もしかしたら、夜ならではの出会いも待っているかもしれない。

セーヌ河岸の先の灯りのほうへ、ロジェは進んでいった。

第2章

翌朝、ポールは寝すごした。起きると節々が痛かったが、そのまま大急ぎで出かけた。事務所に出る前に、例のアメリカ人女性の家に行かなくてはならない。十時、ポールはクレベール大通りにあるアパルトマンの、ほとんど何もないような居間《サロン》に入っていった。主《あるじ》はまだ起きていないらしいので、鏡の前でそっと化粧直しをする。

部屋にシモンが入ってくるのを見たのも、その鏡でだった。ぶかぶかの部屋着を着て、髪も乱れたままだが、すばらしくきれいな男の子だ。〈でも、タイプじゃない〉と彼女は思い、鏡のほうを見たまま、ひとりでふと微笑した。華奢《きゃしゃ》な体つき、深い褐色の髪と肌、明るい色の瞳、ちょっと繊細すぎる美青年。彼は最初ポールに気づかずに、鼻歌を歌いながら窓のほうへ歩いていった。ポールが咳払《せきばら》いをすると、何かの現場を取り押さえられたみたいに、はっとふり返った。ポールは一瞬〈この人が、ヴァン・デン・ベッシュ夫人のいちばん新しいロマンスのお相手なのね〉と考えた。

「失礼しました」青年が口を開いた。「いらっしゃることに気がつきませんでした。シモン・ヴァン・デン・ベッシュです」

「ああ、お母さまから、今朝来るようにと言われまして。アパルトマンの内装のことです。家じゅうの方を起こしてしまっていないといいんですが」

「どっちみち、必ず起きなきゃなりませんからね。遅かれ早かれ」憂鬱そうに彼が言う。

〈ネガティブな若者か〉ややうんざりしながら、ポールは思った。

「どうぞおすわりください」青年はそう言うと、部屋着の前を生真面目に掻《か》き合わせながら、ポールの前にすわった。

どちらかというと気おくれしている様子だ。それでポールは、なんとなく彼に好感を抱きはじめた。いずれにせよ、自分の美貌などすこしも意識していないようだ。意外だった。

「外は、やっぱりまだ降ってますか?」

ポールは笑いだした。ロジェが見たらどんな顔をするだろうと思ったのだ。朝の十時にビジネスウーマンの顔をしてすわり、まだ部屋着のままの若く美しい男の子を緊張させているなんて。

「ええ、ええ、まだ降ってます」ポールは明るく言った。

青年は目を上げた。

「何の話をしたらいいでしょう? ぼくはあなたを存じ上げない。もしお会いしたことがあったら、またお目にかかれてとてもうれしいですって言えたんだけど」

ポールはとまどって、青年を見つめた。

「どうして?」

「なんとなく」青年は顔をそらせた。

ポールはますます変わった人だなと思う。

「このお宅はたしかに、もうすこし物を入れたほうがよさそうですね」とポール。

「三人以上になったら、どこにすわるんでしょう?」

「さあ」と彼。「ぼくはここにあんまりいないんです。一日じゅう働いてるし、帰ってきたらもうくたくたで、すぐ寝てしまうんです」

これで、ポールが彼に対して抱いた先入観すべてが消え去った。この青年は、美貌を売り物にする仕事をしているのではなく、一日じゅう働いているのだ。彼女は思わず「ご職業は？」と訊きそうになったが、こらえた。そんな好奇心は自分に似つかわしくない。

「弁護士の研修中なんです」シモンが言った。「仕事が山のようで、寝るのは深夜、起きるのは明け方……」

「今、十時ですけど」とポール。

「今朝、ぼくが担当していた被告がギロチンにかけられたんで〔フランスでの死刑廃止はこの物語より後の一九八一年〕」物憂《ものう》げな暗い声で、彼が言う。

ポールはぎょっとした。シモンはうつむいたままだ。

「なんてことでしょう……で、死んだの？」

ふたりは同時に大笑いした。シモンは立ちあがると、暖炉《マントルピース》の上からタバコを一本取った。

「いえ、ほんとはそんなにきちんと働いてません。でもあなたは朝の十時にもう起きていて、この殺風景な居間をなんとかしようとしてくださっている。すばらしいです」

シモンは高揚した気持ちを抑えきれないように、居間を行ったり来たりしはじめる。

「落ち着いて」ポールは言った。

でも、彼女もうきうきと陽気な気分になっていた。その一方で、そろそろシモンの母親が現れるのではと気になりだした。

「着がえてきます」シモンが言った。「すぐです。待っててください」

＊

起きぬけのヴァン・デン・ベッシュ夫人は見るからに不機嫌で、どことなく角《かど》が感じられたが、ポールはそんな夫人と一時間過ごし、複雑な内装計画を立てた。その甲斐《かい》あって、自分自身の経済的な見通しもつき、階段を下りるときには意気揚々としていた。シモンのことは完全に忘れていた。

外はあいかわらず雨だった。ポールはタクシーを止めようと手を挙げた。と、車高の低い小型車が一台、目の前で止まった。中からシモンがドアを開けた。

「お送りしましょうか？　ちょうど事務所に行くところなので」

あきらかに一時間待っていたのだ。なのに何気なさそうにしているその心持ちに、ポールはほろりとさせられた。

彼女は苦労して体を曲げながら車に乗りこむと、にっこりした。

「わたしはマティニョン大通り〔セーヌ川の北のパリ八区。エリゼ宮や各国大使館、シャンゼリゼ大通りなどがある〕まで」

「母と話がつきましたか？」

「とてもうまく。もうじきあなたも、ふかふかのソファで体を休められるようになるわ。でもわたし、あなたを遅刻させちゃいません？　もう十一時を過ぎてる。これじゃ全員がギロチンにかけられちゃったかも」

「時間ならたっぷりありますから」不愛想に彼が言った。

「べつにからかったわけじゃないんです」ポールはやさしく言葉を継いだ。「今わたし、すごくうれしいんです。お金のことで気がもめてたんですけど、お母さまのおかげでその心配がなくなって」

「前払いさせたほうがいいですよ」と彼。「ものすごくケチだから」

「親のことをそんなふうに言っちゃだめ」

「いえ、ぼくももう十二歳じゃないんでね！」

「おいくつ？」

「二十五。あなたは？」

「三十九」

シモンがヒューッと口笛を吹いた。不躾《ぶしつけ》ね、とポールは思わず怒りそうになったが、次の瞬間、笑いだした。

「なんで笑うんですか？」

「だって感心してくれたんでしょ、今の口笛……」

「あなたが思ってるより、ずっと感心してます」

そしてあまりにやさしいまなざしでこちらを見つめたので、ポールはどぎまぎした。

フロントガラスでは、ワイパーが規則正しくリズムを刻んでいるが、まったく役にたっていない。流れ落ちる雨に視界をさえぎられながら、これでどうして運転できるのかしらとポールは思った。だいいち車に乗りこんだときに、ストッキングを破いてしまった。それでも彼女はすばらしく楽しい気分だった。快適とは言いがたい狭い車のなか、知らないも同然の青年が、自分にすっかり心を奪われている。ああ、天井からの雨漏りで、淡い色のコートにしみができそうだ。ポールは歌まで口ずさみはじめた。税金を払って、母親に送金して、買い物でツケにしてもらっていた分を支払ったら、残るのはあと……。いや、計算なんてしたくない。

シモンもスピードを出していた。ポールはふとロジェのことを思い、前の晩のことを思い出して、気持ちが重くなった。

「今度、ランチでもごいっしょしませんか？」

シモンはこちらを見ることなく、早口で言った。ポールは一瞬うろたえた。この人のことはよく知らないのだ。話すのにも努力しなければならないし、いろいろ質問もしなくてはならないだろうし、それで新しい関係や新しい生活に入っていかなくてはならなくなる。彼女は心のなかで、もがいた。

「近いうちは無理なんです。仕事が忙しくて」

「ああ！　そうでしたか」

　シモンはそれ以上執着しなかった。ポールはちらりと彼を見た。スピードをゆるめ、悲しげに運転しているようにさえ見える。彼女がタバコを一本取り出すと、自分のライターをさっと差し出してくれた。その手首はまだ少年のように細くて、地厚なツイードの上着から突き出ているところは滑稽に見えるほどだ。

〈こういう体つきで、毛皮獲《と》りの罠《わな》猟師みたいに無骨《ぶこつ》な格好をするもんじゃないわ〉

　ポールはそう思い、ちょっと彼の面倒を見てやりたくなった。シモンはまさに、ポールのような年齢の女の母性愛をくすぐるタイプだ。

「ここです」ポールが口を開いた。

　シモンは何も言わずに降りると、ポールの側のドアを開けた。むっつりと、暗い顔で。

「ほんとうにありがとうございました」ポールは言った。

「いえ、どういたしまして」

　ポールは入り口のほうへ二、三歩進むと、ふり返った。シモンは身じろぎもせずに、彼女をじっと見つめていた。

第 3 章

シモンは駐車スペースを探すのに十五分かかり、結局、弁護士事務所から五百メートルも離れたあたりに止めた。彼は母親の友だちである高名な弁護士のもとで働いている。まったく好きになれない人物で、シモンのだめなところに目をつぶってくれているのだが、なぜそうしているのかは知りたくない気がしている。ときどき怒らせてみたくもなるけれど、面倒なのでやっていない。

シモンは歩道に上がろうとしてつまずき、すぐにあきらめた様子で、おとなしく足を引きずって歩きだした。すれ違う女たちがふり返る。背中にこんな言葉を浴びせられているようだ――〈あんなに若くてきれいな顔をしてるのに、足が不自由だなんて気の毒ね！〉

シモンは自分の容姿に自信など持っていなかったが、それでもほっとするような気持ちが広がっていった。

〈ぼくには醜い男でいられる強さなんて、まるでなかっただろうよ〉

そう思うと眼前に、一生不運だった画家とか、昔のランド地方のような荒地を行く羊飼いといった、苦行とともに生きる者の人生が浮かんだ。

あいかわらず足を引きずりながら、彼は事務所に入っていった。ベテラン秘書のアリスさんが、なかば心配そうな、なかば疑うような目で彼を見た。アリスさんはシモンの気晴らしの仕方をよく知っていて、困ったことだと思いながらも大目に見ている。まじめに働けば、あれほどの容姿と想像力があるのだから、立派な弁護士になれただろうに。

シモンは大げさに挨拶すると、自分の机の前にすわった。

「どうして足なんか引きずってるんです？」

「ほんとに引きずってるわけじゃないんですけど。ゆうべは誰がどんな人間を殺したんですか？　いつになったらぼくは、ゾクゾクするような重大犯罪に関わらせてもらえるんでしょう？」

「今朝は先生が三回もお呼びになってましたよ。もう十一時半です」

先生とは、この事務所の代表である大先生のことだ。シモンはドアのほうをちらりと見た。

「ちょっと寝坊しちゃって。でも素敵な人に会いました」

「女の人？」

「ええ。顔立ちがとても美しくてやさしくて、ちょっとやつれていて……しぐさがまた素敵で……でも人知れず何かに悩んでるような……」

「それよりギヨーの裁判資料をしっかり見たらどうかしら」

「承知しました」

「その方、結婚してるの？」

とたんにシモンは夢からさめた。

「どうなんだろう……。でも結婚してるとしても、幸せじゃないんでしょう。お金に困ってたのが解決したとかで、すっかり明るくなってましたから。お金で喜ぶ女の人って、ぼく、好きだな」

アリスさんは肩をすくめた。

「じゃあ、女性はみんな好きってことね」

「まあそうです」とシモン。「若すぎる子はだめですけど」彼は資料に没頭しはじめた。と、ドアが開いてフルーリー先生が顔を出した。

「ヴァン・デン・ベッシュくん……ちょっと」

シモンはアリスさんと顔を見合わせた。そして立ちあがると、英国風インテリアのオフィスに入っていった。整い方があまりに完璧で、ひそかに嫌悪《けんお》感を抱いているオフィスだ。

「今、何時かわかっているかな？」

フルーリー先生は、時間厳守や仕事が大切であることについて大いに語り、自分とヴァン・デン・ベッシュ夫人の忍耐力を称《たた》えて話を締めくくった。シモンは窓のむこうを眺めていた。だいぶ前に、まったく同じことがあったような気がする。同じこの英国風オフィスで、同じ説教を聞かされて。すると周囲の何かが次第に収縮し、自分を窒息させて死に至らしめようとしている気がしてきた。

〈何をしてきた？〉不意に彼は思った。〈この二十五年で、ぼくはいったい何をしてきた？　学校の先生から先生へ転々として、いつも叱られ、いつもそんな存在と決まっていて〉

こんなに強く自問したのははじめてで、思わず彼は声に出して言っていた。

「ぼくはいったい何をしてきた？」

「え？　いや、何もしていないだろう、きみ、そこが問題なんじゃないか。きみは何もしていないんだよ」

「そもそも誰も愛したことがなかった気がします」シモンは続けた。

「私に惚《ほ》れてくれと言ってるわけじゃない。アリスさんにだってだ」フルーリー先生の怒りが爆発した。「仕事をしてくれと言ってるんだ。私の忍耐力にも限度というものがある」

「何にだって限度はありますね」物思わしげにシモンが言った。

まるで白昼夢か不条理のただなかにいるような気がしていた。十日も寝ずにいたような、何も食べずに喉《のど》もカラカラで死んでしまいそうな。

「私をからかっているのか？」

「とんでもない」とシモン。「すみませんでした。これから気をつけます」

彼は後ずさりしながらオフィスを出ると、自分の机に戻り、アリスさんがびっくりして見ている前で頭を抱えこんだ。

〈どうしたんだ?〉シモンはそう思った。〈いったいどうしたっていうんだ?〉

そして思い出そうとした。イギリスでの子ども時代を、学生時代を、激しい恋心を。そう、あれは十五歳のとき、母親の友人に恋をして、一週間たったところで性の手ほどきをされた。それからの安易な生活、陽気な友人たち、女の子たち、陽光あふれる道という道……どの思い出もぐるぐる回ってとどまることを知らず、つかみどころがない。もしかしたら、結局何もなかったのかもしれない。すべて幻だったのかもしれない。彼は今、二十五だった。

「くよくよすることありませんよ」アリスさんが言った。「そのうちご機嫌も直りますから。ご存じのとおり、ね」

シモンは答えなかった。吸い取り紙に鉛筆でぼんやり落書きをしていたのだ。

「彼女のことでも考えたらいいわ」心配そうにアリスさんが続けた。「でもそれよりギヨーの資料が先ね」

「彼女なんていません」とシモン。

「じゃあ今朝の女の人は?　ええと、何ていうお名前だったかしら?」

「知りません」

本当だった。シモンはあの人の名前さえ知らなかった。何も知らない人が、このパリにいる。それだけで素敵じゃないか。思ってもいなかったことだ。何日もずっと好きなように思っていられる人が、いるなんて。

＊

ロジェは居間のソファに寝そべり、疲れはてた表情でゆっくりタバコを吸っていた。その日は一日河岸《かし》にいて、会社のトラックがつぎつぎ帰ってくるのを確認していたため、ずいぶん雨に濡れてしまった。そのうえ昼食時には、リール〔フランス最北部ノール県の県庁所在地〕の路上で起きた事故を見に行かなくてはならなかったし、その事故で十万フラン以上もの損失が出たのだ。ポールは食卓をかたづけている。

「で、例のテレザはどうした？」

「どのテレザ？」

「ヴァン・デン・ベッシュ夫人だよ。今朝、急に名前を思い出したんだ、どういうわけか」

「うまくいったの」とポール。「全部わたしがやることになってね。今日はいろいろ大変そうだったから言わなかったけど……」

「きみの心配事がなくなったら、ぼくの心配事は増えるとでも思った？」

「そうじゃなくて、ただ……」

「ぼくをエゴイストだと思ってるのかな、ポール？」

ロジェは起きあがってソファにすわると、青い瞳でじっとポールを見すえた。怒っている顔だ。これはなだめなくてはならない。彼こそ最高の男で——それはある意味本当だし、彼のおかげでとても幸せなのだと伝えなくてはならない。ポールはロジェの横にすわった。

「あなたはエゴイストなんかじゃないわ。お仕事で頭がいっぱいになってるだけでしょ。仕事の話をするのは当たり前……」

「いや、ぼくが言いたいのは、きみから見てどうかってことだ。きみはぼくをエゴイストだと思ってる？」

それを一日じゅう考えていたことに、ロジェは気づいていた。おそらくゆうべ、不安げな目をした彼女を玄関の前に残して別れてから、ずっと。

ポールはためらった。今までこんなふうに訊かれたことは一度もない。もしかしたら話をするのにいい機会かもしれない。でも自分は今、上機嫌で自信に満ちているというのに、彼のほうはぐったりしている……。ポールは自分の気持ちを抑えこんだ。

「いいえ、ロジェ。自分がちょっと孤独に思えたり、もう若くないって感じたり、あなたについていけないって思うこともたまにはあるわ。それはそう。でもわたしは幸せよ」

「きみ、幸せ?」

「ええ」

ロジェはまたごろりと横になった。「幸せよ」と彼女が言ったのだ。一日じゅう彼を悩ませていた問題も、これで消えてなくなった。彼が求めていたのはそれだけだった。

「うん、ぼくにときどき降って湧くあれこれなんて……結局大したことじゃないって、きみもよく知ってるよな」

「ええ、ええ」ポールは答えた。

そして、両目をつぶってしまったロジェを見つめた――〈子どもみたいね。こんなにでかでかと重そうに寝そべってるのに、あんなにたわいもないことを訊いたりして。「きみ、幸せ？」だなんて〉

彼が手を伸ばしてきた。ポールはその手を握ってそばにすわった。彼は目をつぶったままだ。

「ポール」とロジェ。「ポール……きみなしじゃ、ねえ、ポール……」

「ええ」

ポールはかがんで、ロジェの頰にキスした。彼はもう眠っていた。そして無意識のうちに、ポールの両手から手を抜くと、自分の心臓の上に持っていった。ポールは本を開いた。

一時間後、ロジェはすっかり活力を取りもどして目をさまし、腕時計を見ると、今日のあのいまいましいトラックを全部忘れたいから飲みに行って踊ろう、と言いだした。ポールはもう眠かったが、ロジェが言いだしたことには何を言ってもしかたない。

彼は車で、ポールを新しい店に連れていった。サンジェルマン大通りの地下にある店だ。小さな公園みたいな内装に人影がいっぱいで、レコードプレーヤーの針が南米のリズムを氾濫させている。

「毎晩出かけるなんて、もう無理よ」ポールは席につきながら言った。「明日になったら百歳になっちゃってるかもしれない。今朝だって、起きたら……」

そのときはじめて、彼女はシモンのことを思い出した。まったく忘れていたのだ。ポールはロジェのほうを向いた。

「じつはね、今朝……」

だがそこで口をつぐんだ。目の前に、そのシモンが立っていたのである。

「こんばんは」シモンが言った。

「フェルテさんです。こちらはヴァン・デン・ベッシュさん」とポール。

「捜してたんです」とシモン。「で、見つけた。幸先《さいさき》がいいな」

そしてそのままスツールにすわった。ロジェは不満そうに胸をそり返らせた。

「あちこち捜したんです」シモンが言う。「それで、あなたに会ったのは夢だったんだろうかと思ったりしてました」

シモンは目を輝かせて、あ然としているポールの腕に手を置いた。

「席はここではないですね？」ロジェが割って入った。

「ご結婚なさってるんですか？」シモンがポールに訊《たず》ねる。「そうは思いたくなかったんですけど」

「うるさいな」ロジェが声を張りあげた。「つまみ出そうか」

シモンはロジェを眺めると、テーブルに両肘をついて頭を抱えこんだ。

「おっしゃるとおりです。申し訳ありません。ちょっと飲みすぎたみたいです。今朝ぼくは、自分が人生において何もしてこなかったことに気づいちまって。何も」

「じゃあ何か楽しいことでもしたらいい。もう行ってくれ」

「そっとしておいてあげて」ポールがやさしく言った。「この人、不幸なのよ。誰だって飲みすぎる日ってあるでしょう。だいいち息子さんよ、あなたの……えー、テレザの」

「息子？」ロジェはびっくりして言った。「それはまた……」

そして身を乗り出した。シモンはすでに突っ伏して、腕に頭をのせている。

「起きなさい」とロジェ。「いっしょに一杯飲むとしよう。きみの不幸とやらについて聞かせてくれないか。飲み物を取ってくるから。ここは客を待たせすぎるね！」

ポールはなんだかおもしろくなってきた。ロジェとこの風変りな若者がどんな会話をくり広げるのかと思うと、それだけでちょっと楽しくなってくる。

シモンは顔を上げ、ロジェが苦労しながらテーブルのあいだを縫っていくのを見ていた。

「男のなかの男」とシモン。「でしょう？　まさに男のなかの男ですか？　ぼくはああいう人は嫌いだな。タフで男らしくて、いつも健全な考え方をして、ああいう……」

「人はそんなに簡単なものじゃないわ」ポールが冷ややかに言った。

「愛してるんですか？」

「あなたに関係ない」

シモンは前髪がはらりと目の上に落ち、ろうそくの光でいっそう彫りが深く見えて、すばらしく美しい。となりのテーブルから女性がふたり、天にも昇りそうなほどうっとりした顔で彼を見つめている。

「申し訳ありません」シモンが言った。「あれ、変なの。今朝からあやまってばかりいる。ぼくって礼儀知らずなんですね、きっと」

ロジェがグラスを三つ持って戻ってきて、今に誰もかれもがそんなふうになるんだろうよとぶつぶつ言った。シモンはグラスを一気に空けると、その後は慎重に口をつぐんで、ふたりの横にすわったままじっとしていた。そしてふたりが踊るのを見たり話すのを聞いたりしていたので、やがてふたりは彼がいることを忘れてしまった。だが時おりポールがふり向くと、まるでおとなしい子どもみたいにそこにいるので、彼女は笑わずにいられなかった。

ふたりが帰ろうとして立ちあがると、彼も礼儀正しく立ちあがった。が、次の瞬間、くずおれるように倒れた。ふたりは彼を家まで送ってやることにした。

ロジェの車のなかで、彼は眠った。頭がぐらぐら揺れて、ときどきポールの肩にもたれかかってくる。その髪は絹のようにつややかだ。静かな寝息も聞こえてくる。ポールは彼が窓に頭をぶつけないよう、額を手で支えてやったが、頭はどんどん重みを増して、ポールの手に完全に寄りかかってしまった。

クレベール大通りに着くと、ロジェが降りて車の外をぐるりとまわり、ドアを開けた。

「気をつけてね」ポールがささやいた。

ロジェはその声の調子に驚かされた。だが何も言わずにシモンを降ろした。

その晩、ロジェはポールを部屋まで送った。そして眠ってしまってからも、長いあいだポールを抱きしめていた。おかげでポールは、なかなか寝つくことができなかった。

第4章

翌日の正午、ポールがショーウインドーのなかでひざまずいたまま、「帽子を見せるのに石膏《せっこう》の胸像にかぶせるのって、そんなに新しいとはいえないんじゃありません？」と店主のデザイナーを説得しようとしていたとき、シモンが現れた。とはいえ、それまですでに五分、彼は街のキオスクのうしろに隠れて、胸をドキドキさせながらポールを見つめていたのだ。ドキドキするのはポールを見つめているからなのか、隠れているせいなのか、それさえもうわからなくなりながら。

隠れることは、昔から好きだった。左手だけを器用に使うのも好きだった。まるで右手はピストルでも握っているか、湿疹《しっしん》だらけであるかのように思われるので、どこの店でもこわがられた。こんな癖には、きっと精神分析が必要なのだ。少なくとも彼の母親はそう言いつづけている。

彼はショーウインドーのなかでひざまずいているポールを見つめながら、こうしてガラスごしに出会ったり彼女を見つけたりはしたくなかったと思った。出会うことがなければ、二度目になるにちがいない拒絶を、また受けることもないだろうから。ゆうべ、おれはいったい何を言ったんだ？　ばかな若造《わかぞう》そのままだったではないか。ひどく酔っぱらって慎みもなく、心の迷いについて語ったりして……。

シモンはキオスクの陰で小さくなり、逃げだそうかと思ったが、最後にもう一度だけポールに目をやった。すると急に、今度は道をわたって店に行きたい衝動に駆られたのだ。そして彼女から帽子を、長い飾りピンがついたあのむごい帽子を取りあげ、同時に彼女を仕事から、朝早く起きて道行く人々の視線にさらされながらショーウインドーのなかでひざまずかなくてはならない現在の生活から、引き離したくてたまらなくなった。

通行人たちは足を止めたり、好奇心から彼女を眺めたりしている。なかにはポールに欲望を感じている者もいるかもしれない。ひざまずいて石膏像のほうに両手を差しのべている彼女と同じように、ひざまずき、両手を差しのべて。

シモンは強烈にポールが欲しくなって、道をわたった。

あんな視線にはもう疲れ、嫌気がさして、いいタイミングだったとばかりに自分のほうを向いてくれる——シモンはそんな彼女を思い描いていた。ところがポールは、そっけない笑みをかすかに浮かべただけだった。

「どなたかにお帽子でも？」

シモンは口ごもったが、デザイナーは、しなを作っているように見えないでもない様子で割って入った。

「お客さま、ポールをお待ちで。けっこう、どうぞそこへおかけになって。これを終わらせてしまいますからね」

「わたしを待ってるんじゃありません」ポールはろうそく立ての位置を変えながら、言った。

「それ、ぼくなら左に置きます」シモンが口を開いた。「もうちょっと、うしろに。そのほうがイメージも湧く」

ポールは一瞬、かっとして彼をにらんだ。だが彼はほほえんだ。ここでの役割がすでに変わったのだ。彼は、おしゃれな場所へ愛する人を迎えにきた若い男性になった。洗練された、センスのいい若い男性に。じつはゲイのデザイナーも、シモンのコメントに感心している。シモンはゲイについては興味がなかったが、感心した様子のほうは、じきにポールとのあいだで笑い話の種になる。

「おっしゃるとおり」とデザイナー。「そのほうがイメージ湧きますねえ」

「何の？」ポールが冷ややかに言った。

男たちはポールを見つめた。

「べつに、何って」

シモンはそう言うとひとりで笑いだし、それがあまりに愉快そうだったので、ポールはつられないように顔をそむけた。デザイナーは機嫌をそこねて行ってしまった。

ポールがウインドーをよく見ようとしてわずかに下がると、近づいてきていたシモンの肩にぶつかった。シモンは、ウインドーの壇の上にいるポールの肘をつかんだ。

「ほら」夢みるような声で、彼はささやいた。「晴れてきましたよ」

太陽の光が、雨に打たれたウインドーのガラスを通してふたりに射《さ》し、あたりはにわかに熱気を帯びはじめている。秋になったことを、太陽が悔やんでいるかのような熱気だ。ポールはその光と熱をいっぱいに浴びていた。

「ほんと」とポール。「晴れてきたわね」

ふたりはしばらく動かなかった。ポールはまだ壇の上で、シモンより高い位置におり、彼に背を向けたまま、それでいて彼に体を預けていた。だがやがて、すっと離れた。

「寝に帰りたいでしょう？」

「腹がへりました」とシモン。

「じゃあ食事に行ってらっしゃい」

「いっしょに来てくれませんか？」

ポールは迷った。ロジェから、仕事が延びて昼には会えないだろうと電話があったのだ。だから向かいのカフェでサンドイッチを食べて、買い物でもしようと思っていた。ところが突然の陽光で、カフェのタイル張りの床やデパートの通路が耐えがたいものに感じられだした。彼女は野原を見たくなった。秋で草がもう黄ばんできているとしても。

「どこか野原を見たい……」彼女は言った。

「じゃあ行きましょう。例のおんぼろ車があります。田舎はすぐだ……」

ポールは〈だめよ〉というしぐさをした。田舎へ、よくは知らないこんな若者となんて、退屈するかもしれない……ふたりきりで二時間も……。

「……でなければブーローニュの森は？」安心させるように彼がつけ加える。「もし退屈したら、電話でタクシーを呼べます」

「いろいろ気がまわるのね」

「いえ、今朝目がさめたときには、自分がほんとうに恥ずかしかった。今日はあやまりに来たんです」

「ああいうことは、誰にでもあるわ」ポールはやさしく言った。

彼女はコートを着た。今日もしゃれた装《よそお》いだ。シモンは彼女のために車のドアを開け、ポールはこの突拍子もない昼食にいつ「行くわ」と言ったか思い出せないまま乗りこんだ。そしてその拍子にまたストッキングを引っかけて、思わず小さく怒りの叫びを上げた。

「あなたのガールフレンドたちは、きっとスカートじゃなくてパンツをはいてるのね」

「もういません」と彼。

「ガールフレンドのこと?」

「ええ」

「どういうわけで?」

「さあ」

ポールは彼をからかいたくなった。シャイかと思えばずうずうしく、ときには滑稽なほど深刻だけれどユーモアもあるといった彼のこのごちゃ混ぜ感が、なんだか楽しくなってきた。彼はほぼ声を落とし、秘密めかすように「さあ」と言ったのだ。

ポールは首を振った。

「思い出してみて……。気持ちが離れはじめたのは、いつから?」

「どっちかっていうと、ぼくのほうからだったんです。かわいいけど、ちょっとロマネスクっていうか、浮世離れしたとこのある女の子で。四十代の人たちが若さについて抱いてるイメージそのものみたいな感じ」

ポールは内心ドキリとした。

「四十代だと、若さについてどんなイメージを抱くのかしら?」

「そうですね……暗い目をして、ルノーの小型車《キャトルシュヴォー》を、歯を食いしばりながらフルスピードで飛ばして、朝は起きるなりタバコ《ゴロワーズ》をふかし……で、ぼくには『愛なんて二枚の表皮《ひょうひ》の接触にすぎない』とか言ってましたね、彼女は」

ポールは笑いだした。

「それから？」

「別れたときには、それでも彼女は泣きました。いえ、自慢してるわけじゃないんです」力をこめて、彼は言い足す。「そういうの、すごくいやなんです」

ブーローニュの森は湿った草と、ゆっくり黴《かび》が広がっていく木々と、秋の道のにおいがしていた。シモンは小さなレストランの前に車を止めると、すばやくボンネットの前を通って助手席のドアを開けにきた。

ポールは優美に降りようとして、苦労しながら筋肉を使った。非日常の世界に脱出してきたことを、大いに感じていた。

シモンは早速カクテルを注文したが、ポールは彼をきびしい顔で見た。

「ゆうべのようなことがあったあとは、お水にするべきよ」

「今はとても気分がいいんで。でも落ち着かなくて。あなたをあんまり退屈させちゃいけないから、気持ちを奮い立たせたいんです」

レストランはほぼがらんとしており、ウェイターは気むずかしそうだった。シモンはその後何も言わず、料理を注文したあともずっと黙っていた。それでもポールは退屈だとは思わなかった。今はわざと黙っているのでは、と感じていたのだ。きっとこの昼食での会話も考えてきているのだろう。シモンはいつも猫のようにこっそりと、いろいろな考えをあたためているにちがいない。

「『そのほうがイメージ湧きますねえ』」

突如シモンが、いかにも気を引きたそうだったデザイナーの真似《まね》をした。ポールはびっくりし、それから弾《はじ》けるように笑った。

「そうやって真似するの、得意?」

「まあ、わりと。残念ながら共通の知り合いがあんまりいませんけど。母親の真似をしたら『そんなこと、するもんじゃありません』っておっしゃるでしょうし。『ほら、そこのサテンの生地、それをもうちょっと右にもってきたら、雰囲気やあたたかみが出るってお思いにならないこと?』」

「そんなこと、するもんじゃありません。でもそっくり」

「ゆうべのお連れの方のことは、あんまりよく見なかった。それにあの人は、真似できるタイプじゃないにちがいない」

一瞬、沈黙があった。ポールは微笑した。

「そうね」

「で、ぼくはさんざん甘やかされてきて、そのへんにごろごろいるお坊ちゃんたちのひとりにすぎないわけです。なかでも冴《さ》えないひとりだ。親のおかげで自由業にもぐりこんで、暇つぶしに仕事をしてる。交換すると損します。昼食のために、ってことですが」

挑んでくるようなその声で、ポールはわれに返った。

「ロジェには用事があったんです。そうでなければ、わたしはここには来てません」

「そうですよね」シモンの声が悲しげになり、ポールはとまどった。

その後は昼食のあいだじゅう、ふたりともそれぞれ仕事の話をした。シモンは恋愛感情のもつれによるある殺人事件について、訴訟の一部始終を真似してみせた。

そして口頭弁論もたけなわのところで姿勢を正し、大笑いしていたポールに指を突きつけた。

「そして、あなた。人間であることの義務を果たさなかったかどで告訴します。死んだ者の名において、愛を見過ごし、幸福になる義務をなおざりにし、言い逃れやその場しのぎやあきらめで生きてきたかどで告訴します。あなたは死刑に処せられるべきだが、宣告は孤独の刑となるでしょう」

そこで口を閉じると、シモンは一気にグラスのワインを飲み干した。ポールは身じろぎもしなかった。

「なんと恐ろしい宣告」ほほえみながらポールが言った。

「最悪の宣告です」シモンが言った。「これ以上いやな、避けられない宣告はないと思います。ぼくにはこれ以上恐ろしいことはない。もっとも誰にとってもそうでしょう。そう口にしないだけで。でもぼくはときどき叫びだしたくなるんです。『こわい、こわいんだ、ぼくを愛してくれ』って」

「わたしもよ」思わずポールは言った。

ふと、自分の部屋のベッドの正面にある壁が脳裏に浮かんだ。閉じられたカーテンに、時代遅れの絵が一枚、左側に小さな整理だんす。くる日もくる日も、朝に晩に眺めつづけてきた光景だ。そしておそらく十年後も眺めつづけているのだろう。今よりもっと孤独に。ロジェは？　ロジェは何をした？　あの人にそんな権利はない、誰にもない、こんなふうにわたしが老いるよう宣告するなんて。誰にもない、わたし自身にさえも……。

「ぼく、ゆうべよりさらにばかみたいで、愚痴っぽく見えるでしょうね」シモンが静かに言った。「それともこんなのは、あなたに同情してもらいたくて、若いのがやってる芝居だと思いますか？」

シモンはポールの正面にいたが、明るい瞳《ひとみ》がわずかに翳《かげ》り、肌はあまりになめらかで、あまりに素直な表情だったので、ポールは思わずその顔に手を差しのべそうになった。

「いいえ、いいえ、ただ……ただあなたは、こういうことにはまだすこし若いんだって考えていただけ。それにきっと、愛されすぎてるのね」

「ふたりだけになりましょう」とシモン。「ねえ、ちょっと歩きませんか。外はすごくいい天気になりましたよ」

ふたりはいっしょに外へ出た。シモンがポールの腕を取り、ふたりとも無言のまま散歩した。秋は大いなるやさしさで、ポールの胸まで這《は》い上がってきた。湿って赤茶けた落ち葉は踏まれ、互いに重なりあい、ゆっくり土に混じっていく。ポールは自分の腕を取っている物言わぬ人影に、やさしさのようなものを感じていた。まだよくは知らないこの人が、つかのま道づれに、一年の終わりに人けのない小道をともに歩く誰かに、なったのだ。

こうした道づれたちに、彼女はいつでもやさしさを感じていた。ともにするのが散歩であれ人生であれ、彼らが自分より大きく、あまりに違っていると同時に似かよっていることに、感謝のようなものを感じていた。

彼女はマルクの顔を思い浮かべた。安楽な生活もろとも棄《す》てた夫だ。とても愛してくれた別のひとの顔も浮かんだ。そして、ロジェの顔。彼女の記憶のなかで、生き生きと、表情を変えながら映し出される唯一《ゆいいつ》の顔。ひとりの女の人生に、三人の道づれ。三人のよき道づれ。これだけですでに相当なことではないのか？

「悲しいんですか？」シモンが訊《き》いた。

ポールは彼のほうを向き、答えずにほほえんだ。ふたりは歩きつづける。

「ぼくは」シモンが押し殺したような声で言った。「ぼくは……あなたのことをよく知りませんが、でもあなたが幸せだと思いたいんです。ぼくは、その、あなたをほんとうにすばらしいと思ってます」

ポールは聞いていなかった。時刻はもう遅い。ロジェがコーヒーを飲もうと電話をしてきたかもしれない。このまま会えなかったら寂しい。土曜日には出かけよう、田舎で週末を過ごそうと言っていたっけ。それまでに仕事をかたづけられるだろうか？　あのひとはまだ行きたいと思ってるだろうか？　それともあれも、夜、あのひとが愛しか見えなくなっているときによくする約束のひとつだった？　わたしなしの人生が考えられなくなり、わたしたちの愛があまりに揺るぎなく当然のことに思えて、もうじたばたしなくなっているときの？（わたしはちゃんとそう知っている）。それでもあのひとがドアのむこうに出たとたん、歩道で荒々しく自由の香りを嗅《か》いだとたん、わたしはまたもあのひとを失ってしまう。

ブーローニュの森からの帰り道、ポールはほとんど口をきかず、シモンにただ昼食のお礼を言い、「そのうち電話してくれたらうれしい」と告げた。

シモンは帰っていく彼女のうしろ姿を見つめて、立ちつくした。自分が不器用に思えて、ひどく疲れを感じた。

第5章

それはまさにうれしい驚きだった。ロジェはナイトテーブルのほうへ身をよじると、タバコを捜した。となりの若い女が小さくふふっと笑った。

「男の人って、終わると必ず吸うのね」

目新しくもない指摘！　ロジェは箱ごと差し出したが、彼女は首を振った。

「メイジー、訊いてもいいかな？　今夜はいったいどういうわけ？　知りあって二か月になるけど、あなたはシェレルさんと別れてないし……」

「シェレルさんは役に立つの、あたしの仕事に。ちょっと気晴らししたくなったのよ。いいでしょ？」

砕けたその言い方《チュトワイエ》に、〈寝そべったとたん、なれなれしくなるタイプの娘《こ》なんだな〉とロジェは思った。そして笑いだした。

「どうしてぼくと？　あのカクテルパーティーには、若くて素敵な男の子がたくさんいたでしょう」

「若い男の子って、しゃべってばっかりなの。それにあなたは、少なくともこれが好きって顔に書いてあったから。はっきり言って、そういう人、だんだんいなくなってきてるわ。女にはなんとなくわかるの。だから、女の子を落とすのには慣れてないなんて言ってもだめ……」

「こんなに早くこうなることにはね」笑いながらロジェが言った。

彼女はなかなかきれいだった。そしてそのちっぽけな頭のなかに、人生について、男について、女について、こまごました考えが、おそらく山ほど詰まっているのだ。すこし水を向ければ、世の中というものについても語ってくれるだろう。それを大いに聞いてみたい気もする。

いつものことではあるが、ロジェはなんとなく呆然《ぼうぜん》とし、感動し、たじろいでいたのだ。それぞれこんなにも違う女性の美しい体、あらわにして探索するのが大好きな体が、いずれもいいかげんで視野の狭い頭の中身に動かされて、街を、人生を歩いているのだと思うと。

ロジェは彼女の髪をなでた。

「あなたは、あなたはきっとやさしいひとね」彼女がささやく。「あなたみたいに大きくて野獣っぽいひとって、ぜったいやさしいの」

「そうだよ」ロジェはうわのそらで言う。

「あなたと離れたくない」彼女が続ける。「あいつ――シェレルが、どんなにつまんないか、わかる？……」

「一生わからないだろうね」

「一泊二日でどこかに行くって、どう、ロジェ？　土曜と日曜で。いや？　田舎の広い寝室から出ずに、ふたりでずっと過ごすの、どこにも出かけずに」

ロジェは彼女を見た。片肘をついて体をなかば起こしており、首では静脈が脈打っているのがわかる。そしてあのカクテルパーティーのときと同じ目で、こちらを見つめている。ロジェはほほえんだ。

「行くって言って。今すぐ。ねえ……」

「今すぐ」ロジェがくり返した。彼女を抱きよせながら。

彼女は喉を鳴らすようにくっくっと笑ってロジェの肩を噛《か》み、ロジェはぼんやり、愛さえ意味もなく交わすことができるのだと思った。

*

「残念だわ」ポールは言った。「ともあれ、しっかり仕事してきてね。車はスピード出しすぎないで。行ってらっしゃい」

彼女は受話器を置いた。田舎での週末はなくなった。土曜はリールに行かなきゃならなくなってね――ロジェはそう言った。むこうの共同経営者との仕事なんだよ。

たぶん、それは本当だろう。ポールはいつもそう思ってきた――本当だろう、と。

彼女は突然、ふたりでよくいっしょに出かけた田舎のオーベルジュを思い出した。あちこちで揺らめいている暖炉の炎を、かすかに防虫剤のにおいがする寝室を。そういう二日間を、また過ごせるはずだった。ロジェと散歩し、ロジェと語らい、夜がきて、お互い寄り添ったまま目ざめ、ずっとお互いが目の前にいて、一日じゅう、時がまるで浜辺のように熱くなめらかに感じられて。

ポールは電話をふり返った。女友だちとランチしてもいいし、夜には誰かの家へブリッジをしに行ってもいい……。でも彼女は何もしたくなかった。と同時に、二日間、ひとりでいるのがこわかった。女ひとりで過ごさなくてはならない日曜日が、ポールは心底いやだった。ベッドではいつもより長く本を読んでいられるし、混んでいる映画館に行ってもいい、誰かとカクテルかディナーということもあるけれど、帰ってくれば朝起きたままのベッドがあって、結局まる一日が、まったくむなしく無意味だったように思えてしまう。

明日また電話する、とロジェは言った。いつものやさしい声だった。その電話があるまで、彼女は出かけないだろう。いずれにせよ、すこし片づけをしなくてはならない。母からいつも言われていたようなあれこれ、でもなんとなくやる気の起きない、生活まわりの無数の雑事をしなくては。だが時間が、まるでふにゃりとした大きな獣《けだもの》のようで、打ち勝たなくてはならないのに、つかみどころがない。

意欲がわかないことを、彼女はほとんど悔やんだ。たぶん人生には、挑んでいくのではなく、守りに入る時期というものがあるのだ。遠慮のない昔なじみの女友だちから、自分を守るように。わたしも、もうそんな時期にきてしまったのだろうか？

背後から、深いため息とともに、いっせいにこういう声が聞こえた気がした。

〈きたのよ、もう〉

同じこの土曜日の午後二時、ポールはヴァン・デン・ベッシュ夫人に電話をすることにした。もし奇跡的に、夫人がドーヴィルへ遊びにいっていないなら、これからの時間、彼女と仕事ができるかもしれない。それが今、やる気がするただひとつのことだ。

〈日曜日にも〉と彼女は思った。〈家族を避けたくて、会社に出かけていく男の人たちみたい〉

ヴァン・デン・ベッシュ夫人は少々肝臓の不快感を抱えていて、あきらかに退屈していたので、ポールの申し出を大喜びで受け入れた。そこでポールは、インテリアのあらゆる商品見本をたずさえて、クレベール大通りに出かけた。

夫人は、植物模様が絡《から》みあうダマスク風の部屋着のまま、エビアンを注いだコップを持って、鼻や頬を赤らませていた。ポールは一瞬、こんなに凡庸な顔からシモンが生まれたとは、シモンの父親はいったいどれほど端整だったのだろう、と思った。

「息子さん、ご機嫌いかがでいらっしゃいますか？　先日の晩、わたしたち、息子さんにお会いしたんですよ」

だが、昨日いっしょにランチを食べたことは言わなかった。そのことに、ポールは自分で驚いた。夫人のほうは、不意に受難者のような顔になっている。

「あたくしに、どうしてわかるかしら？　話さないんですもの、あの子。なんにも言わないの。お金の心配以外ってことよ、もちろん！　それにお酒を飲むようになって。あの子の父親も、あの時分には飲んでましたけど」

「でもアル中のようには見えません」ポールはほほえんだ。シモンのなめらかな肌や、栄養状態のいい英国人のような血色がよみがえってくる。

「息子さん、ハンサムでいらっしゃいますよね？」

ヴァン・デン・ベッシュ夫人は急に生き生きしはじめ、アルバムを何冊か持ってきた。子どものころのシモン、頬まで伸びた長い巻き毛姿でポニーに乗っているシモン、どこかとまどった顔をしている中学生《コレージュ》のシモン……。たぶん、千枚ぐらいあっただろう。ポールは内心、彼が嫌味な大人にもゲイにもならなかったことに感心した。

「子どもも、親離れするときがくるものでね」夫人は悲しげにため息をつく。

それから一瞬、かつてそうであったにちがいない恋多き女に立ちかえった。

「あの子、そういう機会には事欠かないようで……」

「そうでしょうね」ポールは礼儀正しく言った。「ところで、こちらの生地をご覧いただけますか。このなかにひとつ……」

「テレザと呼んでちょうだい、お願い」

夫人は打ちとけた様子になって、お茶を持ってこさせたり、あれこれ質問したりした。

〈二十年前、ロジェはこの人と寝たのね〉とポールは思い、目の前の重たげな顔に、魅力の名残りがありはしないかと探してみたものの、見つからなかった。と同時に、仕事の話を続けたいと懸命に努力していたのだが、夫人はどうしても女どうしの打ちあけ話のほうへ流れていく。いつもそんなふうだった。彼女の顔には何かバランスのとれた、けれど高慢なものがあって、そこからとめどもなく言葉の洪水が押しよせてくる。

「あなたはきっと、あたくしよりだいぶお若いわね」と夫人は始めた。――ポールはその「きっと」に、思わずほほえんだ――。「環境というものがどれほど人に影響を与えるか、ご存じでしょうけど……」

ポールはもう聞いていなかった。夫人は誰かを思い出させる。シモンには直観力のようなものがあるにちがいない。そして、それはゆうべシモンが真似した人物なのだと気がついた。シモンには直観力のようなものが――シャイで表には出てこないけれど、残酷さのようなものが、あるにちがいない。あのとき何と言っていたっけ？――あなたが愛を見過ごし、その場しのぎやあきらめで生きてきたかどで、告訴します。宣告は、孤独の刑となるでしょう。

あれはわたしのことを言っていたの？　わたしの人生について、何か見抜いたっていうの？　それでわざとあんなことを言った？――そう思うと、ポールは怒りが湧いてくるのを感じた。

かたわらで延々と続いているおしゃべりも、もう耳に入ってこない。というわけで、不意にシモンが部屋へ入ってきたときには、跳びあがりそうに驚いた。シモンはポールを見ると、突然立ちどまり、わずかに顔をしかめて喜びを隠した。その様子に、ポールは胸を打たれた。

「いいところに来たな。お手伝いしましょう」とシモン。

「あら！ わたしはもう帰らないと」

ポールは大急ぎで出ていきたいと思った。逃げたかった。母と息子、ふたりの視線から逃れて、自分の家に隠れてしまいたかった。本といっしょに。

ほんとうなら、今ごろロジェと車を走らせていたはずなのだ。ラジオをつけたり消したりしていっしょに笑いながら。あるいは怯《おび》えて身を縮めながら。彼はハンドルを握ると、急にかっとすることがあって、そんな怒りが大事故につながらないともかぎらない。

ポールはゆっくり立ちあがった。

「送っていきます」シモンが言った。

ポールはドアのところでふり返ると、シモンが入ってきてからはじめて彼をまっすぐ見つめた。シモンは顔色が悪く、ポールはそれを言わずにいられなかった。

「天気のせいです」とシモン。「下までごいっしょしてもいいですか？」

ポールは肩をすくめ、ふたりは階段を下りはじめた。シモンは何も言わずにポールのあとを下りていく。そして最後の段で、ふと足を止めた。急に足音がしなくなったので、反射的にポールはふり向いた。シモンは手すりにもたれている。

「もう上に戻られるの？」

そのとき、階段の電気が自動的に消え、大きな階段には、十字の形に仕切られたガラス窓から、ほのかな光が弱々しく広がるだけとなった。ポールは目でスイッチを探した。

「うしろです、あなたの」シモンが言った。

そして最後の一段を下りると、ポールのほうへ向かった。

〈跳びかかってくるのね〉。ポールは物憂《ものう》い気持ちだった。だがシモンは彼女の顔の左側に腕をのばすと、電気をつけ、それから今度は反対側の壁に右手をついた。ポールは挟まれて、身動きがとれなくなった。

「通してください」冷静に、彼女は言った。

シモンは返事をせず、身をかがめると、彼女の肩にゆっくり頭をのせた。ポールは自分の心臓が大きく鳴りだしたのを感じて、急に動揺した。

「通してください、シモン……困ります」

だがシモンは動かなかった。ただ低い声で、彼女の名前を二度つぶやいた。

「ポール、ポール」

そのうなじのむこうに、吹き抜けの空間がひどく物悲しく、尊大で静かな重苦しさとともに広がっているのを、ポールは見ていた。

「ね、シモン」彼女も低い声で言った。「通してちょうだい」

シモンは体を引き、ポールは一瞬彼にほほえむと、立ち去った。

第6章

日曜の朝、ポールは目ざめると、ドアの下に速達の封緘《ふうかん》ハガキが差しこまれているのを見つけた。その色から、昔これは「ブルー」と詩的な呼ばれ方をしていたのだが、今、ポールもこれを詩的だと感じた。十一月の澄みきった青空に太陽がふたたび現れて、部屋いっぱいにあたたかな光と影を広げていたからだ。

『午後六時に、サル・プレイエル〔パリの由緒あるコンサートホールで、かつてショパンもここで演奏した〕で、とてもいいコンサートがあります』シモンはそう書いていた。『ブラームスはお好きですか？　きのうは失礼しました』

ポールはほほえんだ。『ブラームスはお好きですか？』の一文にほほえんだのだ。まるで十七歳のころ、周囲の男の子たちからさかんに訊かれたようなことではないか。そしてその後も、おそらく同じことを訊かれた気がするが、あれはこちらの返事などどうでもよかったのだ。わたしたちの周囲で、人生のあした時期に、誰が返事を聞いただろう？　そもそもわたしは、ブラームスが好きかしら？

ポールはプレーヤーの蓋《ふた》を開けると、レコードを捜し、すっかり覚えてしまったワーグナーの序曲の裏に、一度も聴いたことのないブラームスの協奏曲《コンチェルト》が入っているのを見つけた。ワーグナーは、ロジェが好きなのだ。

「いいよな、音が鳴り響いて。あれが音楽ってもんだ」そう言う。

ポールはコンチェルトをかけ、出だしをロマンチックだと感じたが、そこから先は気持ちがどこかへ流れていった。そして曲が終わったときに、はっとして、きちんと聴いていなかったのを悔やんだ。最近は一冊の本を読むのに六日かかるし、何ページまで読んだのかわからなくなるし、音楽を聴いてもすぐに忘れる。集中力はインテリアの商品見本あれこれと、いつも不在の男性ひとりにしか向けられておらず、ポールは自分を、自分が歩んできた道を、見失っていた。ふたたびその道を見つけることは、きっともうできない。

『ブラームスはお好きですか？』

彼女はふと開けはなされた窓の前を通り、目に太陽の光をまともに受けて、くらくらした。するとこの『ブラームスはお好きですか？』という何げないひとことから、突然、忘れていたものすべてが怒濤《どとう》のようによみがえってきたのである。彼女が忘れていたものすべて、意識的に避けていた問いのすべてが――。『ブラームスはお好きですか？』――わたしはまだ自分以外の何かを、自分自身の存在を、愛しているだろうか？　ええ、もちろん、わたしはスタンダールを愛していると、いつも言っているし、実際そうだと思っている。でもそこが問題なのではないか――思っている、ということが。もしかしたらロジェのことも、愛していると思っているだけ、なのではないか――。

　思いがけない発見だった。いいポイントをつかんだのかもしれない。

ポールはまるで二十歳《はたち》のころのように、これを誰かに話したいと思った。

彼女はシモンに電話した。何と返事をするかもまだ考えていなかったが、こんなふうに言えばいいだろう――わたし、ブラームスが好きかどうかわかりません。べつに好きでもないと思います。

コンサートに行くかどうかも、まだ決めていない。彼が何と言うか、どんな声で言うか、それ次第だ。ポールは迷っていた。その迷いを楽しいと思った。

ところがシモンは、田舎へランチに出かけており、着がえに戻るのは夕方五時とのことだった。

ポールは受話器を置いた。そしてそうこうするうちに、コンサートに行こうと決めた。

〈シモンに会いにいくんじゃなくて、音楽を聴きにいくの。もし今夜の雰囲気がいやじゃなければ、これから毎週日曜日に行ってもいいかもしれない。女ひとりでできるいい暇つぶしじゃない？〉

同時に、今日は日曜でたいていの店は閉まっているから、ブラームスや好きなモーツァルトのレコードを何枚か、すぐ買いに行けないのを残念に思った。

恐れているのはただ、コンサートのあいだに、シモンが手を握ってくるのではないかということだ。ポールはそれを予期し、だからこそ恐れていた。そしてそう確信するほどに、物憂さでいっぱいになってくる。彼女がロジェを愛したのも、このためだ。彼はいつも、期待したことをすこしはずす。そのときどきの状況のなかで、思いもしなかった微妙なひねりを入れてくる。

六時、サル・プレイエルで、ポールは人ごみにまぎれて、あやうくシモンに会えずじまいになるところだった。彼はひとことも言わずにチケットを差し出し、ふたりは案内係の女性たちがあわただしく行き来するなか、急ぎ足で階段をのぼった。ホールは広大でうす暗く、オーケストラはチューニングの不協和音を鳴らしている。まるで開演とともに響きわたるみごとなハーモニーを、より深く印象づけるためであるように。

席についたポールは、となりを向いて言った。

「わたし、ブラームスが好きかどうか、わからなかったんですけど」

「ぼくは、あなたが来てくださるかどうか、わからなかった」とシモン。「あなたがブラームスをお好きかどうかは、ほんとうはどうでもよかったんです」

「田舎はどうでした？」

シモンはびっくりした目でポールを見た。

「お宅にお電話したんです」とポール。「お伝えしようと思って……うかがいますって」

「逆の返事がきたり、まったく電話がなかったりするのがこわくて、出かけたんです」シモンは言った。

「田舎は素敵でした？　どのあたりに行ってらしたの？」

　ポールは夕暮れの光に包まれたウーダン〔パリの西イヴリーヌ県（県庁所在地はヴェルサイユ）の西端にある村〕の丘を思い浮かべながら、喜びとともにせつなさを感じていた。シモンの話を聞きたかった。今ごろはロジェとふたりでセプトゥイユ〔ウーダンの北にある村で中世からの城や教会などがある〕に立ち寄って、赤茶色に染まった秋の木々を見あげながら、いつもの道を散歩していたはずなのだ。

「まあ、あちこちです」とシモン。「地名は見てませんでした。それより、始まりますよ」

　拍手が湧きおこり、指揮者がおじぎをして指揮棒が振りあげられ、ふたりは二千名の聴衆とともに体を座席にあずけた。聞きおぼえのある曲だ、とシモンは思った。ちょっと悲壮な、ところどころ悲壮すぎるコンチェルト。自分の肘《ひじ》に、ポールの肘が触れているのを感じながら、シモンの心はオーケストラとともに走りだした。そして音楽がゆるやかになってきたとたん、まわりの人の咳《せき》や、二列前の男性の禿《は》げた頭の形が気になりはじめ、急激に怒りが湧いてきた。田舎で――ウーダンの近くのオーベルジュで、彼はばったりロジェに会ったのだ。若い女といっしょにいたロジェに。ロジェは立ちあがってシモンに挨拶したが、彼を女に紹介することはなかった。

「ぼくら、どこに行っても会うみたいだね？」

シモンは驚いて、何も答えなかった。ロジェはきつい視線で、ここで会ったことは黙っていろと命じている。それは、お調子者が同類の人間へ共犯をたのむ目ではなかった。怒っている目だった。シモンは返事をしなかった。ロジェなどこわくなかったが、ポールを苦しませるのがこわかった。

自分はこのひとに、どんな苦しみも、ぜったいにもたらすまい。シモンは自分に誓った。そしてはじめて、人を不幸から救いたいと思っていた。女たちにすぐ飽きてきた彼、彼女たちの打ちあけ話や秘密の数々、こちらに男らしい守り手の役を迫る気持ちには恐れさえ感じてきた彼、逃げることに慣れていた彼、そのシモンが、ふり向いて待ちたいと思ったのである。いったい何を？

このひとが、自分の愛している男は誠実さのない、いいかげんなやつなのだとわかるのを。それはもしかしたら、とても時間のかかることなのかもしれない……。でも、このひとは悲しんでいるにちがいない。頭のなかで、ロジェの言動をあれこれ考えているにちがいない。そしてもしかしたらそこに、いくつも綻《ほころ》びを見つけているのかもしれない。

オーケストラの響きの上に、ヴァイオリンの音色がくっきり浮かび出て、引き裂かれたような一音で絶望的に震えると、急降下してまた響きのなかにまぎれ、そのまま美しい旋律の波間に沈んでいった。思わずシモンはとなりを向いて、ポールを抱きしめそうになった。抱きしめてキスしてしまいそうになった。そう、キスして……彼女のほうにかがみこみ、唇が彼女の唇に触れると、両腕がぼくの首にまわされて……シモンは目を閉じた。

ポールはその表情を見て、この人はほんとうに音楽が好きなのね、と思った。ところが不意に、彼の手が震えながらポールの手を求めてきたのだ。ポールはあわてて手を引っこめた。

終演後、シモンは軽く飲みませんかとポールを誘い、ポールは生搾《なましぼ》りのオレンジジュースを、シモンはドライマティーニを二杯飲んだ。ヴァン・デン・ベッシュ夫人が心配するわけね、とポールは思った。

シモンは目を輝かせ、さかんに両手を動かして音楽について語り、ポールはそれをうわのそらで聞いていた。ロジェはちゃんと時間どおりにリールを出て、夕食に帰ってくるかしら。それに、人がさかんにこっちを見てる。シモンがあまりに美青年だから？　あまりに若いから？　そしてわたしが、少なくともいっしょにいるには釣りあわない歳《とし》だから？

「聞いてます？」

「ええ」とポール。「でも、もう帰らなくちゃ。家に電話がかかってくることになってるんです。それにわたしたち、ここですごく見られてるわ！」

「見られるのには、慣れてらっしゃるでしょう」うっとりと、シモンは言った。音楽にドライマティーニのジンの力も加わって、もうすっかり彼女に夢中だと感じている。

ポールは笑いだした。この人にはときどきほろりとさせられる、と思った。

「お勘定をたのんで、シモン」

彼が、なんとも気の進まない様子になったので、ポールはその午後、おそらくはじめて、彼をきちんと見た。もしかしたらこの人は、わたしにそっと恋をするようになったんだろうか？　ちょっとした遊びのつもりが、本気になったんだろうか？

ポールは彼を、単に女たちをものにしたいだけの男ではないかと思っていた。だがほんとうはもっと純真で、感受性が強くて、見栄などあまり張らない人なのかもしれない。おもしろいことに、彼女にとっては、彼の容貌が不利に働いていたのだ。美青年すぎる、とポールは思っていた。美青年すぎてリアリティーがない、と。たとえ美青年でも、そんなふうにシモンを見たのはまちがいだったのかもしれない。この見方はやめるべきだろう。

シモンはウェイターを呼ぶと、あとは何も言わずに、手のなかでグラスをまわしている。急に口を閉ざしてしまっている。ポールはシモンの手に、自分の手を重ねた。

「悪く思わないでね、シモン。ちょっと急いでるんです。ロジェが待ってるだろうから」

あの最初の晩、シェ・レジーヌでシモンに会ったとき、わたしはこう訊かれた――ロジェを愛してるんですか？　わたしはなんと答えたっけ。もう思い出せない。いずれにしても、シモンには知っておいてもらわなくては。

「ああ！　そうでしたね」とシモン。「……ロジェ。あの人。男らしくて、やり手の」

ポールはさえぎった。

「愛してるんです」

彼女は顔が赤らむのを感じた。自分の声が、なんだか芝居がかって聞こえた。

「で、彼のほうは？」

「彼のほうも」

「そりゃそうだ。『この最善なる世界において、すべてのものはみな最善』〔ヴォルテールの小説『カンディード』の冒頭部分で述べられる命題。結末でくつがえされる〕」

「懐疑主義者みたいなこと、言うもんじゃないわ」ポールはやさしく言った。「あなたの歳に似合わない。その歳なら何でも信じられるはずでしょう。その歳なら……」

シモンは不意にポールの両肩をつかむと、揺すった。

「からかわないでください。そんな言い方しないでください……」

〈この人も男だってこと、忘れてたかもしれない〉ポールは身を振りほどこうとしながら思った。〈今この人は、まさに男の顔をしてる。侮辱された男の顔を。この人は十五じゃなくて、二十五なのよ！〉

「からかったわけじゃないの。そうじゃなくて、あなたの態度のことよ」ポールは、なおもやさしく言った。「あなたがいかにも……」

シモンはポールを放した。疲れたような影が差している。

「そうです」彼は言った。「あなたの前でぼくは、いかにも優秀な若手弁護士の役を演じた。恋をして立ちすくんでる者の役を、甘やかされた子どもの役を、どんな役でも演じた。だけどあなたに会ってから、どの役も全部あなたのためなんです。これが恋だ。そう思いませんか？」

「なかなかいい定義ね」ポールはほほえみながら言った。

そしてそのままふたりは黙りこんだ。気づまりになって。

「ほんとうは、情熱的な恋人の役になりたい」シモンが口を開いた。

「さっきも言ったとおり、ロジェを愛してるんです」

「ええ、それならぼくは、母を愛してます、ばあやを愛してます、自分の車を……」

「どう関係あるのかわかりません」ポールがさえぎった。

彼女は帰りたかった。まだ若すぎるこの肉食系の男の子に、わたしのこれまでの、わたしたちふたりのこれまでの、何がわかるというのだろう？　快楽と疑念が、熱い肌と痛む心が、混じり合ったこの六年の何が？　わたしをロジェから引き離すことなど、誰にもできはしない。

そんな確信が湧いてきたことで、ポールはシモンに感謝の念を感じた。そしてやさしい感情に満たされて、テーブルにもたれかかった。

「あなたはロジエを愛している、でもひとりですよね」ふとシモンが言った。「日曜日にひとりでいるんでしょう。ひとりで夕食を食べ、それからきっとあなたは……あなたはたぶん、ひとりで眠るんだ。ぼくならあなたに寄り添って眠ります、ひと晩じゅうあなたを腕に抱いて、あなたが眠るあいだもキスしてます。ぼくなら、まだ愛することができます。あの人にはもうできない。わかってるでしょう……」

「あなたにそんな権利は……」ポールは言いながら立ちあがった。

「ぼくには話す権利があります。あなたに恋して、彼からあなたを奪う権利もあります、もし可能なら」

ポールはすでに外に出ていた。シモンは立ちあがり、それからすわりなおして、両手で頭をかかえこんだ。

〈あのひとが必要なんだ〉彼は思った。〈ぼくにはあのひとが必要なんだ……さもないと、ぼくは苦しむことになる〉

第7章

週末はなかなか楽しかった。このメイジー――「ほんとはマルセルっていうの」と、しなを作りながら彼女は打ちあけていた。たしかにマルセルという名では、これから女優への階段を駆けのぼろうというイメージは湧かない――このメイジーという娘《こ》は、ほんとうに言っていたとおりにしたからだ。つまり、一度ベッドに入ったら二度と出ようとしなかった。ロジェがよく知っているある種の女たち――やれカクテルだの、ランチだディナーだお茶だのと言っては着がえる女たちとは違って。

ふたりは二日のうち一度外出しただけで、あとは部屋から出なかった。その一度で、あの美形すぎる若者、昔なじみのテレザの息子に出くわしてしまった。もちろん、ポールに会うことはまずないと思ったが、それでもロジェはなんとなく落ち着かなくなった。浮気をしてポールをあざむいたからでも、嘘《うそ》をついたからでもなく、リールに行くという口実が少々まずかったと思ったのだ。浮気をするときには、時間も場所も特定するべきではない。

「こないだの晩いっしょにいた方を、ウーダンで見かけましたよ。日曜日、ランチに入った店で」——こう聞かされて無言になり、もしかしたら一瞬目をそらすポールを、ロジェは思い浮かべた。苦しむポールを……。

だがその想像《イメージ》はすでに色あせており、それはあまりにたびたびかき消してきたからで、ロジェはそれを恥じた。そしてこのメイジー／マルセルを家の前まで車で送ったら、そのままポールの家に寄ろうとうきうきしていることも、恥じたのだ。ポールは何も知らないだろう。この二日、ひとりで休んでいたにちがいない。自分がいるときには、ほんとうにしょっちゅう外に連れだしているから。きっと友人たちとブリッジをしたり、家の片づけをしたり、あの新しい本を読んだりしていたはずだ……それにしても、なぜおれはこんなに熱心に、ポールの日曜日の過ごし方を考えているんだ。

「運転、巧《うま》いのね」

横から声が聞こえて、ロジェは、はっとしてメイジーを見た。

「そう思う？」

「そもそもあんたは何でも巧いわ」座席にしなだれかかりながら、彼女が言う。

忘れろ、とロジェは言いたかった。そのかわいいちっぽけな肉体や満たされた欲望のことを、ちょっと忘れろ、と。だが彼女は悩ましげに笑い——あるいはそのように見せようとして、ロジェの手を取ると、自分の腿《もも》の上に置いた。ロジェの指に、熱く引きしまった肌が触れる。ロジェは苦笑した。

この娘《こ》はばかで、おしゃべりで、なかなかの役者だ。愛なんて、とさんざん嘲笑し、奇妙にも愛をむき出しにし、やさしくされたいとか親しくしてほしいとか、漠然とでも興味を持ってほしいという気持ちさえ皆無なようにふるまって、おれをますます昂《たかぶ》らせた。

〈汚れたくだらないもの、気持ちも通わず、うぬぼれ屋で下品で。そういうものと、おれは巧くできるってわけか〉

ロジェは声をあげて笑いだした。彼女はわけも訊《き》かず、ラジオのほうへ手を伸ばした。ロジェはその動きを目で追った……。

こないだの晩、ポールは何と言っていたっけ？　ラジオの話、それにふたりで過ごす夜とかなんとか……？　ロジェには思い出せなかった。

　ラジオからはコンサートの生放送が流れてきて、彼女はほかの局へ変えたが、結局また戻った。それはブラームスだと、アナウンサーが震え声で伝えており、つづいて拍手が鳴りわたった。

「八歳のころ、ぼくは指揮者になりたかったんだ」とロジェ。「きみは？」

「あたしは映画女優。なってみせる」

なれるかもしれないとロジェは思い、それから彼女を家の入り口の前で降ろした。彼女がロジェの上着をつかんだ。

「明日はあたし、あのつまんないおじさんと食事なの。でもあたしは素敵なロジェに、すぐまた会いたい。すぐ。手があいたら電話する」

ロジェは微笑した。とりわけ頭のなかで、自分と同年配らしい相手の男に対して。若々しいこの秘密の愛人の役に、かなり満足しながら。

「で、あんたは？」と彼女。「大丈夫？　あんたは自由《フリー》じゃないって聞いたんだけど……」

「ぼくは自由さ」すこしむっとして、ロジェは言った。さすがにポールのことを話すつもりはない、この女に！

彼女は跳ねるように歩道へ上がると、ポーチのむこうで手を振った。ロジェは車を発車させた。だが最後のひとことが、まだ引っかかっていた。

「ぼくは自由さ」——それはつまり「責任を負うことから自由さ」ということだ。ロジェはアクセルを踏みこんだ。すぐにもポールに会いたかった。ポールだけが彼をやすらがせてくれる。今日も、きっと。

*

ポールは帰ってきたばかりだったようで、まだコートを着ていた。青ざめた顔をし、ロジェを見るなりその胸に飛びこむと、肩に身を寄せてそのまましばらく動かなかった。ロジェは両腕で抱きしめて、頬を彼女の髪に押しあて、ポールが口を開くのを待った。

早く帰ってきてよかった。おれを必要としてたんだ。何かあったにちがいない——ロジェはそんな予感とともに、ポールへの愛情が胸に大きくふくらんでくるの

を感じていた——この女のことは、おれが守ってるんだ。ロジェが知っているどんな女よりも、自立していて強く知的なのだが、

もちろんポールは自立していて強く知的なのだが、ロジェが知っているどんな女より、女だ。ロジェにはそれがよくわかっている。だからこそ、自分はこの女にとってなくてはならない存在なのだ。ポールは彼の両腕から、やさしく離れた。

「出張、どうだった？　リールは？」

ロジェはちらりと彼女を見た——うん、大丈夫、何も疑ってないな。こんなふうにカマをかける女じゃないし。

「まああだったよ。で、きみは？　何かあった？」

ロジェは両眉を上げて表情を作ってみせた。

「何も」そう答えると、ポールは背を向けた。

ロジェはそれ以上訊かなかった。自分で話しだすだろうから。

「きのうは仕事。で、今日はコンサートに行ったの。サル・プレイエルの」

「ブラームスは好き？」ほほえみながら、ロジェは言った。

ポールが突然ふり向いたので、彼は思わず一歩下がった。

「どうしてそんなこと訊くの？」

「帰りにラジオでやってたんだよ」

「ああ、そうね」とポール。「生放送してたわね。そうそう……。でもびっくりよ、あなたにそんな趣味があったなんて……」

「きみのほうもだ。いったいどういう風の吹きまわし？　ダレさんのところでブリッジか、そうでなきゃ……」

ポールは小さな居間の明かりをつけると、物憂げな動作でコートを脱いだ。

「ヴァン・デン・ベッシュの坊やが招待してくれたの。ほかにやることもなかったし、もうブラームスが好きかどうかも思い出せなかったんだけど……そうなの……ブラームスが好きかどうかも思い出せなかった……」

ポールは静かに笑いだした。そしてその笑いはどんどん激しくなっていったのだ。ロジェの頭に旋風が巻き起こった。シモン・ヴァン・デン・ベッシュ？　おれたちが……ウーダンで会ったことを言ってない？　だいいち、ポールはどうしてこんなに笑うんだ？

「ポール」ロジェは口を開いた。「落ち着け。そもそもあの小僧と何してた？」

「ブラームスを聴いてたの」なおも笑いながらポールは答えた。

「ブラームスの話はやめろ」

「だってその話でしょ」

ロジェはポールの両肩をつかんだ。ポールは笑いすぎて目に涙を浮かべている。

「ポール、おれのポール……やつは何をしゃべった？　きみに何の用だ？」

彼は激高していた。自分が先を越され、一杯食わされたように感じて。

「あいつは二十五なんだぞ」

「わたしには、それは欠点だけど」ポールがやさしく言うと、ロジェは彼女を両腕で抱きしめた。

「ポール、きみをほんとうに信頼してるんだ。ほんとうに！　あんな薄っぺらなのがきみの気に入るかもしれないと思うと、耐えられない」

ロジェはさらに強く彼女を抱きしめた。と、ほかの誰かに手を差し出すポール、キスするポール、愛情と関心を注ぐポールが脳裏に浮かんで、胸が苦しくなってくる。

〈男の人って、気がつかないのね〉ポールは苦々しさを感じることもなく思った。〈『きみをほんとうに信頼してるんだ』――だから浮気もできるし、きみをひとりに

もしておける。そういうことでしょ。で、逆のことが起きるとは思ってもみない。いいご身分〉

「あの人は親切だけど、何でもないの」ポールは言った。「それだけのこと。今夜はどこへ食べに行きたい？」

第 8 章

「先日は申し訳ありませんでした。許してください」シモンからの手紙にはそうあった。「あんなことをあなたに言う権利はありませんでした。ぼくは嫉妬《しっと》していたのです。でも人は、自分が所有しているものでなければ嫉妬する権利などありません。いずれにせよ、ぼくはあなたを困らせた。それは確かなようです。でも、もうご迷惑はおかけしません。ぼくは裁判の実地研修で、フルーリー先生と地方に出かけます。先生の友人宅である田舎の古い家に泊ります。ベッドはみな甘くさわやかなヴァーベナの香りがし、どの部屋でも暖炉の火が焚《た》かれて、朝は窓辺で鳥たちが歌うことでしょう。でも今回ばかりは、そんな田園詩の青年を演じることはできないとわかっています。ぼくのかたわらで、幻のあなたが眠るだろうから。手を伸ばせば届くところで、暖炉の火に照らされて。ぼくは何度もパリに帰りたいと胸を焦《こ》がすでしょう。どうか、たとえもう二度とぼくに会いたくないとしても、どうかぼくがあなたを愛していないなどとは思わないでください。シモン」

手紙はポールの指のあいだで、ためらうように揺れた。そしてシーツの上へ、それから絨毯《じゅうたん》へ、すべり落ちた。ポールは枕に頭を預けると、目を閉じた。あの人は、たぶんわたしを愛している。

今朝のポールは疲れていた。よく眠れなかったのだ。昨日、帰りの道中についてたずねたときに、ロジェがもらした何気ない言い方が頭から離れなかった。はじめは何とも思わなかったが、ロジェは口ごもった。それからどんどん声がたよりなくなって、最後はほとんど聞きとれないほどになった。

「いや、日曜の帰りなんて、いつも不愉快だよ……。でもまあ、高速道路ってのは、混んでても結局は速いしな……」

もし声の調子が変わらなかったら、ポールはおそらく何も気にとめなかっただろう。出張の話を聞いて反射的に、防衛本能のように反射的に——この二年でこういう反射は大いに鍛えられている——リールまで行ける真新しい高速道路を思い描いていたのだから。

ところがロジェは言葉に詰まり、ポールのほうを見ず、十五秒後、静かな会話を再開させるのに口を開かなくてはならなかったのは、ポールのほうだった。ディナーは同じ空気のまま終わった。ポールは疲労と落胆から二度と立ちなおれないような気分だった。どんな嫉妬や好奇心より強烈な、疲労と落胆。目の前にあるのは、こんなにもよく知っている顔、愛した顔、なのにその顔は、わたしが感づいたかどうかをさぐろうとしている。わたしの苦しみを、残忍な虐待者のように。やがてポールは思った。〈わたしを苦しめるのは、もうじゅうぶんじゃない？　せめてほっといてくれないかしら？〉

彼女は永久に椅子から立ちあがれないような気がした。レストランをかろやかに、彼が望む気品とともに横切っていくことも、家のドアの前でおやすみなさいと言うことも、できない気がした。いや、できることなら違うふるまいをしたかった。ロジェをののしり、グラスの中身をその顔にぶちまけ、今の自分、一人前の女性として敬意を抱かれている何もかもを捨て去ってしまいたかった。彼が会う一ダースもの、かわいくてくだらない玄人《くろうと》たちとは違っている何もかもを。そうして、そんな女のひとりになれたら、と思った。ロジェはポールに何度も言ってきたのだ。そういう女たちはべつにたいした存在ではないと。そう、ロジェは正直だ。でも正直さ、この不可解な人生で唯一《ゆいいつ》可能な正直さとは、誰かをじゅうぶん愛して幸せにすることじゃないのかしら、とポールは思った。必要なら、気に入っているものを手放してでも。

シモンの手紙は、絨毯の上に落ちたままだった。ポールはベッドから出るときに、片方の足でそれを踏んだ。そして拾いあげると、もう一度読んだ。それから机の引き出しを開け、ペンと便せんを取りだして、返事を書いた。

*

シモンはひとりで客間にいた。裁判も終わり、フルーリー先生の活躍ぶりにお祝いを言いにくる大勢の人のなかにいたくなかったからだ。家のなかはひっそりと物悲しく、寒かった。おとといの晩に霜がおりて、窓から見える景色も凍りついている。二本の木々はすっかり葉を落とし、黄ばんだ芝生が広がって、ゆっくりと腐りはじめた籐《とう》椅子が二脚、取り残されたままだ。のんきな庭師のせいで、秋の冷たい湿気の犠牲になっている。

シモンは英語の本を読んでいた。キツネに姿が変わった女の風変わりな物語で、ときどき声をあげて笑ったが、足は落ち着きなく動いて、大きく組んでみたり、ほどいてみたり。どうも体が居心地悪く、その感じがすこしずつ自分と本のあいだに広がって、とうとうシモンは立ちあがると、本を置いて出かけた。

彼は庭の下のほうにある小さな池までおりていくと、ひんやりした空気のにおい、夕暮れのにおいを大きく吸った。遠くで落ち葉を焚くにおいが混じっている。生け垣のむこうにかすかな煙が見える。シモンはこのにおいが何より好きだ。

彼はふと足を止め、目を閉じて、もっとよくにおいを感じ取ろうとした。時おり鳥が、小さな鋭い叫びをあげる。周囲のこの完璧な秋の情景と、さまざまな郷愁《ノスタルジー》のブレンドで、彼の心もなんとなくやわらいでいく。

シモンは暗い色の水にむかってかがみこむと、手を浸し、細い指が斜めにゆがむのを見つめた。五本の指が、手のひらとほとんど垂直になって見える。それから水のなかで、そのままゆっくり手を握った。秘密の魚でもつかむかのように。

今日でもう七日、ポールに会っていない。厳密には七日半。手紙はすでに受け取っているはずだ。受け取って、ちょっと肩をすくめ、ロジェの目にとまらないよう、嘲笑されないよう、どこかに隠したことだろう。あのひとは、いいひとだから。シモンにはそれがよくわかっている。いいひとでやさしくて、不幸で、自分に必要なひと。でも、どうやってそれを伝えればいい？

ある晩シモンはこの物悲しい家で、ポールのことをじっと、長いあいだ、強く想《おも》っていた。はるかパリの彼女に届くようにと。そしてパジャマのまま書斎へおりていき、テレパシーの結果が現れていはしないかと、そこらじゅうを探した。もちろん、むだだった！

子どもじみたことだとわかってはいたが、シモンはいつも、子どもっぽい解決法や偶然の幸運で何もかも切りぬけようとしてきた。でもポールに向きあうには、あのひとにふさわしい男にならなくてはいけない。そこをごまかすことはできない。あのひとを、自分の外見の魅力でとらえることもできない。それどころか彼女には、自分の見た目がマイナスになるのだとシモンは感じている。

「おれは美容師みたいな顔じゃないか」

思わず声に出して嘆くと、胸を刺すような鳴き声をあげていた鳥が、ふと黙った。シモンはゆっくり家のほうへ引きかえして、絨毯の上に寝ころがり、暖炉に薪を一本足した。フルーリー先生はもうじき帰ってくるだろう。裁判での勝利にも謙虚で、でもこれまで以上に自信に満ちて。先生は、感心しきりのこの地の女性たちの前で、有名な裁判の話をいくつか披露するだろう。だがデザートが出るころには女性たちも少々疲れて、ブルゴーニュの淡い霧に染まったまなざしを〔ブルゴーニュワインでの酔いをブルゴーニュの霧に掛けている〕、若き弁護士研修生のほうに向けるだろう。礼儀正しく無口な弁護士研修生、つまり、このぼくに。

「あちらの方《かた》が、きみに気があるみたいだよ、シモンくん」

フルーリー先生はそうささやいて、いちばん年配のご婦人を示すにちがいない。とはいえ以前いっしょに旅行した際も、大先生の妄想によるささやきが現実になったことは一度もなかった。先生にとっても、ぼくにとっても。

シモンの予想は当たった。ただその晩のディナーは、彼の人生で最も楽しいものになったのだ。シモンはしゃべりつづけ、大先生の言葉をさえぎり、その場の女性全員の心をつかんだ。フルーリー先生が、帰ってくるなり手紙を一通わたしてくれたからだった。パリのクレベール大通りから、ルーアン裁判所へ転送されてきた手紙だ。ポールからだった。

シモンはポケットに手を入れ、指先に封筒が触れると幸せでほほえんだ。そしてしゃべりながらも、文面を、綴《つづ》られていた言葉を正確に思い出そうとし、それを頭のなかでそっと組み立てなおした。

「シモンくん」彼女はいつもこう呼ぶ。「あなたからのお手紙は悲しすぎます。わたしはそこまでの人間ではありません。でもあなたがいなくて寂しい。自分がもうよくわからなくなっています」そしてふたたび彼の名前を書いていた。「シモン」と。それから、光り輝くような二言《ふたこと》をつけ加えていたのである。「早く帰ってきてください」

ぼくは飛んで帰る。ディナーが終わったらすぐに。パリまで車を飛ばし、彼女の家の前につける。そうしたらすぐ会えるかもしれない。

深夜二時、シモンは彼女の家の前で、じっと動かず待っていた。三十分後、車が一台、目の前で止まってポールが降りてきた。ひとりで。シモンはなおも動かず、彼女が道をわたって、乗ってきた車に手を振り、その車がまた走りだすのを見ていた。

ポールだ。ぼくはあのひとを愛している——恋い焦がれる気持ちが走りだし、心のなかで彼女の名を呼び、彼女に追いつき、話しかけるのを、シモンはただ聞いていた。身動きもできずに聞いていた。怯《おび》え、苦しくて、うつろだった。

第9章

薄《うす》ぼんやりした太陽のもと、ブーローニュの森の池は、ふたりの前に冷えびえと広がっていた。ボートの選手だけがひとり、夏を呼び戻そうというかのように、大変な努力をしている。体型を維持しようと日々励む奇妙な人たちのひとりだが、周囲は誰も気にかけない。そういう人たちの肉体は同じようで、個性を感じさせないからだ。オールからは、きらきら輝く銀色の水しぶきがさかんに上がるが、それがどこか場違いに思えるほど、立ちつくしている木々のあいだには、やがて来る冬の寂しさが漂っている。

ボートのなかで、力《りき》んだ顔をしながら懸命にオールを操っているその人を、ポールは見ていた。これから池のなかの島を一周し、疲れ、自分に満足して戻ってくるのだろう。毎日かたくなにくり返されるこの一周に、ポールは何か象徴的な一面があるように思う。

その横で、シモンは黙っていた。待っていた。ポールは彼のほうを向くと、ほほえんだ。シモンはほほえみ返すことなく、ポールを見つめた。

ゆうべ彼は、ただ彼女に会いたい一心で、となりの県から車を飛ばしてきた。走りとおして征服したその道路のように、打ち負かされ、一糸まとわぬ姿になって——彼にはそれがよくわかっている——自分に捧《ささ》げられている想像のなかのポールと、今、見慣れすぎた風景のなか、となりで鉄製の椅子にすわって半分寝ているような、自分に会ってもほとんど喜ばなかった口数の少ないポールは、とても同じひととは思えない。

シモンはがっかりしていた。そしてその失望を、もうこのひとを愛していないからだと思おうとした。ゆうべのことは、想像ばかりが暴走してばかなことをしたというい例ではないか。それというのも一週間、田舎のあの物悲しい家で、ひたすらひとつの思いにとらわれていたからだ。

そう思いながらも、シモンは苦しい欲望とめまいを抑えられずにいる。彼女の物《もの》憂《う》げな顔を、ここで椅子の背にのけぞらせ、うなじに痣《あざ》をつけ、ふっくらした寡黙《かもく》

新刊案内

2024

4月に出る本

新潮新書 4/17発売

俺は100歳まで生きると決めた

加山雄三 4月11日発売

611038-2

70代で攻めに転じて、俺は変わった。年齢を重ねても、まだ青春なんだ――若大将が語る幸福論！●836円

苦しくて切ないすべての人たちへ

南 直哉

611037-5

生きているだけで大仕事――。恐山の禅僧が教える、心の重荷を軽くする後ろ向き人生訓。●902円

ルポ 海外「臓器売買」の闇

読売新聞社会部取材班

611039-9

莫大な支払い、杜撰な手術――「絶対に許せない」(被害者)。「新聞協会賞」受賞の調査報道！●902円

最適脳 6つの脳内物質で人生を変える

デヴィッド・JP・フィリップス 久山葉子[訳]

611040-5

世界的ベストセラーとなった脳の最適化メソッド、ついに日本上陸！ 心を少し楽にするレシピ。●1210円

※表示価格は消費税(10
ISBNの出版社コードは

…の女【CWA賞最終候補作】

シャロン・ボルトン 川副智子[訳]

240541-3

母娘3人を死に至らしめた優等生6人。ひとり罪をかぶったメーガンが、20年後、成功した5人の前に現れる！ 予測不能のサスペンス。●1320円

…て」ほか、人間存在の不条理を剝き出しにした15編。20世紀を代表する作家の決定版短編集。●781円

イデアの再臨

新潮文庫 nex

五条紀夫

180285-5

ここは小説の世界で、俺たちは登場人物だ。犯人は世界から■■を消す!? 電子書籍化・映像化絶対不可能の〝メタ〟学園ミステリー！●649円

さまよえる神剣《けん》

壇ノ浦に沈んだはずの剣を探し出せ——。謎めいた使命を与えられた若武者の冒険と恋を情感豊かに描いた、著者新境地の長編歴史ロマン。

玉岡かおる

373718-6
4月17日発売
●2420円

赤い星々は沈まない

からだの奥底に、燃える星を抱えた女たち。大人の女性たちの性を真っ向から描き、選考委員に絶賛された「R-18文学賞」大賞受賞作。

月吹文香

359611-0
4月17日発売
●1870円

雀荘迎賓館最後の夜

その扉の向こうには、ひたすら麻雀を打ち込むことで、ようやく人の平衡を保つ男達がいる。『麻雀放浪記』以来の傑作ギャンブル小説！

大慈多聞

355591-9
4月17日発売
●1980円

ジャーナリストの条件
時代を超える10の原則

ニュース… ひしめき合う時代に、いかに裏付けを取り、どう伝えるか。メディ… …たちが磨き上げた世界的ロングセラー。

ビル・コバッチ
トム・ローゼンスティール
澤 康臣〔訳〕

507411-1
4月25日発売
●2750円

なその口に自分の口を近づけたいと考えるだけで、くらくらしてくるのだ。なのにそのふっくらした口からは、もう二時間も、なだめるようなやさしい言葉しか出てこなくて、シモンはそれをどう受け取ればいいのかわからない。

彼女はたしかにこう書いていた。「早く帰ってきてください」。その言葉を待っていたこと以上に、手紙を受け取って喜んだこと、愚かにも大喜びしたこと、その言葉を信じきったことを、彼は悔やんだ。誤った理由で幸福になるより、正確な理由で不幸になっていたほうがよかった。

シモンはポールにそう言った。するとポールは、ボート選手に向けていたまなざしをシモンに向けて、じっと見た。

「シモンくん、誰だってそうよ。つまりあなたの言ってることは、べつに珍しくもない」

ポールは笑いだした。早朝、彼は気がどうかしたかのようにマティニョン大通りに現れた。だからすぐに、あの手紙は何でもなかったのだとわからせた。

「でも」シモンは食いさがる。「あなたは誰にでも『早く帰ってきてください』なんて書くひとじゃない」

「ひとりだったから」とポール。「ちょっとおかしなこともあったし。それでも『早く帰ってきてください』なんて、書くべきじゃなかったわね、たしかに！」

しかしポールは、内心逆のことを思っていた。シモンがここにいる。それがうれしかったのだ。ポールはまったくのひとり、ほんとうに、まったくのひとりきりだったから！

ロジェは、映画に夢中な例の若い女の子との関係が、新たに始まっていた（そのことがポールの耳に入ってこないわけがない）。ふたりのあいだでこの話が出たことはなかったが、ロジェはどことなく恥じている様子で、落ち着いているときならしないような言い訳をあれこれする。

今週、ポールは彼と二度しか夕食をともにしていない。たった二度。だからほんとうは、この男の子、自分のせいで不幸に沈んでいるこの子がとなりにいなかったら、ポール自身、おそろしく不幸だっただろう。

「帰りましょう」彼が口を開いた。「退屈してますよね」

ポールは素直に立ちあがった。だがほんとうは、シモンをぎりぎりのところまで追いつめてみたかった。同時に、そんな自分の残酷さに腹が立った。それは自分の悲しみの裏返しであり、復讐《ふくしゅう》したいという筋の通らない欲求で、シモンにしてみればまったく謂《いわ》れのないことだ。

ふたりはシモンの小型車に乗った。シモンはふたりでのはじめてのドライブをどんなふうに想像していたかを思い出し、ふっと苦笑いした。右手をポールの手に預け、左手だけで天才的な運転をして、彼女の美しい顔は自分の肩にもたせかけられ……。

シモンはなんとなく右手を差し出した。するとポールは両手で握った。

〈やっぱりわたしにはどうしても、どうしても、愚かしいことはできないの?〉

シモンは車を止めた。ポールは何も言わない。シモンは自分の右手を見つめる。わずかに開いたポールの両手のなかで、じっと動かない手。その手をポールは放そうとしている。たぶん離れていくことしか望んでいない。

シモンは顔をのけぞらせた。突然死ぬほど疲れを感じ、もうあきらめて、このひとのもとを去って永遠に会うまいと思った。まるで三十歳も年老いたかのようだった。人生に降伏したかのようだった。

そしてポールはそのときはじめて、シモンという人を知ったように思ったのである。はじめて彼が、自分と、彼らと（ロジェと自分と）似た人間に思えた。それは、傷つきやすいからというわけではまったくなかった。彼がそうだということは最初からわかっていたし、傷つきやすくない人間など、どこにいるだろう。そうではなくて、彼女の目に受け入れがたいと映っていたシモンの若さ、美しさ、未熟さがすべて剝《は》がれ落ち、それらから彼が解放されたように感じたからだ。シモンはこれまでいつも、なんとなく囚《とら》われ人のようだった。何もかもが安易な、人生さえ安易な運命のなかに、囚われているような。

それが今、こうして顔をのけぞらせている。彼女のほうにではなく、初冬の木立ちのほうに。その横顔は死に瀕《ひん》しているようで、もはや、もがいてもいない。

するとポールの脳裏には、部屋着姿で出会ったときの、あの陽気で驚いていたシモンがよみがえってきた。

あの彼に戻してやりたい、とポールは思った。そうしてもう決定的に別れてしまいたい、と。彼のことは、いずれ消えていく悲しみに加えて、いくらでも寄ってくるに決まっているかわいいお嬢さんたちにゆだねていけばいい。時は、わたしよりもゆっくりと、だがしっかりと、この子を成長させていくだろう。

シモンの手は動かぬまま、彼女の手のなかにあった。ポールはふと、その手が脈打っているのを指先に感じた。すると不意に、涙がこみ上げてきたのだ。それがやさしすぎるこの若者のためなのか、ちょっと悲しい自分の人生のせいなのかもわからないまま、ポールはその手を唇に持っていき、口づけた。

シモンは何も言わずに、車を出した。ふたりのあいだに、はじめて何かが起きた。彼にはそれがわかり、ゆうべよりさらに幸福な感情が湧いてくる。ついに、彼女はぼくを見た。

もっとも、もし彼が、これからふたりに起きる最初のできごとは、愛しあう一夜しかないと考える浅はかな人間だったなら、責めるべきは自分だけで、まだ忍耐と、愛情と、おそらく時間が大いに必要だっただろう。けれど彼は今や、これからの人生で自分はずっと忍耐強く、愛情深い人間でいるのだと感じていた。もし愛しあう一夜が訪れたとしても、それは単なる一段階にすぎず、ふだんうすうす感じるような終点になるのではなくて、ふたりのあいだにはこれからいくつもの昼と夜がやってくるのだ、たぶん。そしてそれが終わることは、けっしてない――シモンはそう思った。そしてそう思いながらも、ポールを激しく求めていた。

第10章

ヴァン・デン・ベッシュ夫人は、老いが進行していた。これまでは——その容姿と、ジェローム・ヴァン・デン・ベッシュと思いがけない結婚をするまでほぼ「天職」とも呼べたもののおかげで——女より男の友だちのほうが多かったのだが、老いの始まりとともに孤独を感じるようになり、しだいに絶望的な気分になって、誰かやってこようものなら、男だろうと女だろうとしがみつくようになっていた。

そんなわけで、たのんだ仕事をとおして知りあったポールは格好の相手となった。クレベール大通りにある家《アパルトマン》は散らかっていて、ポールは毎日のように訪ねていかなければならず、そうすると夫人はあれこれ言っては彼女を引きとめておこうとする。おまけにこのポールという人は、表面的には何気なさそうにしているが、どうやらシモンと親密なようだ。そこで夫人はふたりのあいだに、はっきり通じあっている気配はないかとさぐっているのだが、何も見つけられないので、ポールに目くばせしてみたり、カマをかけてみたりせずにいられない。それでもポールは何の反応も示さずにいたが、シモンがこれに激怒した。

ある晩、シモンは怒りもあらわに、蒼白《そうはく》になってやってくると、夫人に——自分の母親に！——つかみかかって、もし何もかも「ぶち壊し」にしたらただじゃおかない、と脅した。

「何をぶち壊すのかしら？　ちょっと離してくれない？　彼女と寝たの、寝てないの？」

「寝てないって言っただろ」

「で？　あちらにその気がないなら、私がその気にさせてあげる。おまえにはいい経験になるでしょ。あの人、もう十二の女の子ってわけじゃないんだから。コンサートだの展覧会だの、あとは何だか知らないけど……そんなものに連れてってるらしいけど、それであの人が喜んでると思う？　間抜けねえ、おまえはわかって……」

シモンはすでに出ていっていた。三週間前に地方から帰ってきてからというもの、彼はポールによって、ポールのために、生きている。彼女が都合をつけてくれる日中の数時間だけを生きがいに、その時間の最後の瞬間まで離れようとせず、その手をいつまでも両手に握っているのだ。以前はあんなにばかにしていた、ロマンチックな小説や映画の主人公たちのように。

だから、居間のインテリアが完成して、母親が打ち上げの夕食会を開くと決め、ポールも呼ぶと言ったときにはぎょっとした。ポールの公認のパートナー、ロジェも、ほか十名の客とともに招待するという。

ロジェはこの招待を受け入れた。ポールのあとをどこにでもついていくあのキザな若造を、近くで見たいと思ったのだ。ポールは、慎み深さよりさらにロジェを安心させるようなやさしさで、あの若造の話をする。それに、ロジェにはポールへの自責の念もあった。この一か月、彼女のことはなおざりにしてきたのだから。

とにかく彼は、メイジーに夢中だ。その愚かさに、肉体に。彼にむけての大騒ぎや病的なほどの嫉妬、情熱の急な高ぶりにも。そしてその激しい情熱で、すばらしく淫《みだ》らな言葉を毎日彼に浴びせるものだから、ロジェはすっかりしびれている。まるでずっとトルコの蒸し風呂にでも入っているようだが、漠然と、これほどあからさまに情熱を掻《か》きたてられるのは、人生でこれが最後かもしれないという気もしている。それでそのまま身をまかせ、ポールとの約束を取り消すと――「わかったわ、じゃあまた明日」ポールはいつもと変わらない声でそう言う――狭く悪趣味な部屋へとまた向かう。そこではメイジーが涙に暮れていて、「あんたがそうしてほしいんなら、女優の道は犠牲にする」などと言いだす。

ロジェは、そうやって泣きつかれている自分を興味深く眺め、この関係のくだらなさにどこまで耐えられるのだろうかと思いながら、彼女を抱きしめる。すると彼女は甘くささやきはじめ、そのばかばかしく下品な内容に、ロジェはめったに味わったことのないエロティックな興奮を覚えるのだ。

だから、遠慮がちにポールの相手をしているあのシモンという若造は、じつに都合がいい。メイジーとの関係が終わったらすぐに、ロジェは何もかも元どおりにしてポールと結婚するつもりだ。とはいえ何の確信もない。自分自身にもない。これまで唯一確信を持てたのは、ポールの揺るぎない愛に対してと、ここ何年かは、そんなポールに愛着があることとだけだった。

ロジェは、すこし遅れて夕食会に着いた。そしてその場を見るなり、これはまさに死ぬほど退屈するタイプの会だと感じた。「あなたは社交性が足りない」とポールによく言われるが、実際、仕事以外では人に会わないのだ。よほどはっきりした目的があるか、ポールといるときのように、話す相手が友人ひとりだけという場合以外には。

ひとり暮らしのロジェは、パリであまりに頻繁に開かれる社交上の集まりには耐えられず、すぐ無作法にふるまいたくなったり、帰ってしまいたくなったりする。そういう場には、彼らの階層で、またはテレビや新聞によって知られ、選ばれた面々が来ていて、おまけにそういう連中は決まって愛想がよく、食事をしながらいっしょに芝居や映画の話ができるというわけだ。さらにひどくなると、恋愛や男女関係の話。ロジェが最も苦手な話題だ。その方面については疎《うと》いと思っているし、自分の知識を述べるのも無理だろうという気がしている。

ロジェは大きな体を少々こわばらせ、やや横柄《おうへい》な態度で全員に挨拶してまわりながら、いつものように、自分が来たことでなんとなく場違いな空気をつくってしまったと感じていた。その印象はなかば正しい。彼はいつも場の雰囲気を変えてしまうし、会話を始めても、まずかみあわない。そして、それによって、女性たちの気を引いてしまう。

ポールは、ロジェが好きな黒いドレスを着ていた。ほかの女性たちのドレスより、デコルテが大きく開いている。ロジェはポールのほうに身をかがめながら、好みの姿で来てくれたことに感謝して、にっこりほほえんだ。彼にとってポールは、この場でただひとりの知りあいと言っていい。

ポールは一瞬目をつぶり、抱きしめてくれればいいのに、とせつなく願った。だが彼は、そのままポールのとなりにすわった。そしてそのときはじめて、シモンが身じろぎもせず、そこにいるのを見たのだ。自分が来たことで苦しい思いをしているだろうと感じて、ロジェは反射的に、ポールの背にまわしていた腕を引いた。

ポールがふり返った。たちまち、あたりさわりのなかった会話の途中で、三人が押し黙った。そして男たちふたりのあいだに火花が散ったが、その張りつめた沈黙を破ったのは、シモンの動作だった。ポールのほうにかがんで、タバコの火を差し出したのだ。

ロジェはふたりを見つめた。それからシモンの長身と、まじめで少々華奢《きゃしゃ》すぎる横顔を見つめ、それがポールの落ち着いた横顔のほうへかがむのを見つめた。すると不謹慎と言っていい笑いがこみ上げてきた。

控えめで感受性が強く、お育ちのいいこのふたり。若造は火を差し出す、彼女は体の関係を断わる、微妙なニュアンスで「ありがとう」「いえ、それは」などと言いながら。だがロジェは、違う種類の人間だ。男好きのかわいい娘《こ》が奔放な快楽とともに待ちかまえていて、さらにその後は夜のパリと無数の出会いが待っている。そして夜明けになれば、彼と同じく疲れてくたくたな男たちとの、肉体労働並みに消耗させられる仕事があって、それが彼の職業というわけだ。

「ありがとう」

そのとき、ポールの静かな声がした。ロジェはその手を取って、握らずにいられなかった。自分のことを思い出させるために。ロジェは彼女を愛していた。

この若造は、コンサートだの美術館だのに彼女を連れていけるかもしれないが、その体に触れることはないのだ。

ロジェは立ちあがると、トレイの上のスコッチウィスキーを取って、ひと息に飲み干した。すこし気分がよくなった。

夕食会は、ロジェが思ったとおりのものになった。彼は何度かぶつぶつ文句を言い、話そうとしながらも、うつらうつらしてしまい、食事の終わりにヴァン・デン・ベッシュ夫人から声をかけられてようやくはっとした。Xさんが誰と寝てるか知ってる?――夫人はそれを知りたがっていた。

そんなこと興味ないですよ、とロジェは答えた。彼が何を食べたか知るほうがましです。で、それ以上の重要性があるとは、ぼくには思えませんね。人のベッドの話より、食卓の話をしたらどうですか。そのほうが面倒も起きないというものでしょう。

ポールは笑いだした。ロジェがこうして、夕食会の話題をすっかり台なしにしてしまったからだ。つられてシモンも笑わずにいられなかった。

ロジェは飲みすぎ、立ちあがった拍子にすこしふらつき、ヴァン・デン・ベッシュ夫人がすわるようにと、しなを作りながらとなりの座席を軽く叩《たた》いたのにも気がつかなかった。

「母が呼んでます」シモンが言った。

ふたりは面と向かいあった。ロジェはシモンを見すえ、軟弱な顎《あご》や無気力そうな唇を漠然と探したが、見つけられず、不機嫌になった。

「ポールがきみを探してるんじゃないの？」

「行ってきます」シモンはそう言うと、踵《きびす》を返した。

その肘を、ロジェはつかんだ。急に腹が立ってきたのだ。青年は、驚いた様子でふり向いた。

「ちょっと……きみに訊きたいことがあるんだが」

ふたりは互いに、相手をじっと見つめた。まだ何も言うことがないのを意識しながら。だがロジェは、自分の行動にわれながら驚き、シモンはそれを感じて、満足げに微笑した。ロジェにはそれがわかった。そして手を離した。

「いや、葉巻をたのみたかったんだ」

「ただ今」

ロジェはそのうしろ姿を目で追った。それから何人かと話していたポールのところへ行くと、彼女の腕を取った。ポールはロジェのあとについていきながら、すぐ訊いた。

「シモンに何て言ったの？」

「葉巻をたのんだんだよ。なに心配してるんだ？」

「べつに」ほっとして、ポールは言った。「なんだかあなた、怒ってたみたいだったから」

「なんでぼくが怒るんだよ？　あれは十二歳だぜ。ぼくが嫉妬したとでも？」

「ううん」ポールはうつむいた。

「嫉妬するなら、むしろきみの左にいた人だな。少なくともあれは、大人の男だ」

ポールは一瞬、どの人だっけと考え、思い出すと、ふっと笑わずにいられなかった。その人にまったく注意を払っていなかったからだ。食事のあいだはずっと、シモンの瞳が、灯台の光のように彼女を照らしていた。規則正しく、二分おきにポールの顔に光を投げかけては、さらにもう一秒、彼女のまなざしを求めていた。それでそのまなざしを向けてやるとにっこりほほえむ。それがあまりにやさしく、あまりに不安げなほほえみだったので、彼女もほほえみ返さずにいられなかった。左にいた人などより、シモンははるかに楽しく、生き生きしていた。ロジェは何もわかっていない、とポールは思った。

そのときシモンがやってきて、ロジェに葉巻の箱を差し出した。

「ありがとう」とロジェ（そして慎重に一本選んだ）。「きみにはまだ、葉巻のうまさはわからないだろう。これはぼくの歳にならないとわからない楽しみだな」

「おまかせしておきます」とシモン。「すごく嫌いなんで」

「ポール、きみは葉巻の煙も大丈夫だったね？」さて、ぼくらはそろそろお暇《いとま》しようか」ロジェはシモンのほうを向いて言った。「朝が早いんでね」

「ぼくら」という言い方を、シモンは気にしなかった。〈つまり彼女を家の前で降ろして、それからあの品のない娘《こ》のところにまた行くってことだろ。で、ぼくのほうは、彼女なしでここに取り残されるわけか〉

シモンはポールを見つめ、彼女の顔にも同じ思いが表れていると感じて、そっと言った。

「もしポールが、まだあまり疲れていないようなら……もうすこししてから、ぼくが送っていくこともできますが」

シモンとロジェは、同時にポールを見た。ポールはシモンにほほえみ、「帰ることにします、もう遅いから」と言った。

車のなかで、ロジェとポールはひとこともしゃべらなかった。ポールは待っていた。楽しんでいた会の途中で連れ出されたのだ。ロジェはそのわけを説明するか、あやまるかするべきだろう。

家の前に着くと、ロジェは車を止めた。エンジンをかけたまま……。即座にポールは理解した。この人は何も言わないのだ、何も示さないのだ。あれは単に、用心深い所有者の行動でしかなかったのだ。

ポールは車から降りると、「おやすみなさい」とつぶやいて、道をわたった。車はすぐに走りだした。ロジェはずっとアクセルを踏むことしか考えていなかった。ところが家の前には、シモンの車が止まっていて、中に彼がいた。呼びかけられたポールは、驚いて車のほうへ行った。

「いったいどうやって来たの？　ひどく飛ばしたのね。だいいち夕食会は？」

「ちょっとすわってください」シモンはたのんだ。

夜の闇に包まれ、ふたりは誰かに聞かれるのを恐れるように、声をひそめていた。それからポールが、小さなオープンカーの座席にするりとすわった。そうやって乗るのに、もう慣れている自分に気がつきながら。信頼に満ちた顔がこちらに向けられていることにも、その顔が街灯の光で半分陰になっていることにも、もうなじんでいる。

「退屈しませんでしたか？」とシモン。

「いいえ、ちっとも……わたし……」

近すぎる、とポールは思った。この距離、近すぎるわ。それに話をするには時間が遅すぎる。わたしの後などつけてくるべきじゃなかったのに。ロジェに見られたかもしれない。何もかも、どうかしてる……ポールはシモンにキスした。

通りで冬の風が舞いあがり、オープンカーに吹きつけた。ふたりの髪が乱れてなびくなか、シモンはポールの顔に何度も何度もキスした。ポールはくらくらしながら、若い男性のにおいを、その息づかいを、ひんやりした夜の空気を吸いこんだ。それから、ひとことも言わずに彼から離れた。

明け方、ポールはぼんやり目ざめた。するとまだ夢のなかにいるように、シモンのたっぷりした黒い髪が目の前に現れた。夜の激しい風で自分の髪と混じりあいながらも、絹の柵《バリア》のようだった髪。顔のあちこちを横切っていった熱い唇の感触がよみがえってくる。

ポールはほほえみながら、ふたたび眠りに落ちた。

第11章

シモンがポールと会わなくなって、十日が過ぎた。まるでどうかしたかのようだったあの晩、あんなにも愛情にあふれ、彼女がシモンに口づけたあの晩の翌日、彼はポールから短い手紙を受け取ったのだ。

もう会おうとしないでください——手紙で彼女はそう命じていた。

「このままだと、わたしはあなたを傷つけてしまいます。そうしてしまうには、わたしはあなたにあまりにやさしい気持ちを抱いています」

ポールが、シモンよりむしろ自分自身を恐れていることを、彼は知らなかった。そこにポールの思いやりを感じて、シモンは気を悪くすることもなく、彼女のいない人生に向きあうことのできる考えや方法を、ただ探した。

「このままだと、わたしはあなたをひどく傷つけてしまいます。それは思慮を欠くことでしょう」などといった古風で慎重な言いまわしは、物語のなかの大事なできごとの直前か直後によく出てくるもので、いずれにせよ人を落胆させるほどのものではないとシモンは思ったのだ。

ポールもまたそう感じていた。たしかに自分自身を恐れはしたが、彼が自分を捜しにきて、彼に愛されるがままになるのを、無意識のうちにも待っていた。

そろそろ我慢も限界だった。冬の日々の単調さ、家から仕事場までひとりでたどる決まりきった道のり、かけるたびに裏切られて後悔するロジェへの電話。彼の声はそれほど心ここにあらずで、何か隠していて。さらに、二度と帰ってはこない長い夏への思い《ノスタルジー》。それらすべてでポールは無防備に、無気力になっていき、どんな代償を払ってでも「何か起きてほしい」と切に求めるようになっていた。

シモンは仕事をした。時間を守り、まじめに、口数少なく。ただ時おり顔を上げると、ぼんやりしたまなざしでアリスさんを見やり、ふと唇に、ためらいがちに指を置く……あの最後の晩のポール、いきなり物も言わせず唇を重ねてきて、それから顔をのけぞらせ、両手でやさしくぼくの顔をそこに押しあてて、風が……。

アリスさんはシモンの視線が気づまりになって、軽く咳《せき》ばらいをした。シモンはわずかにほほえんだ。

あれはポールのいらだちの表れだった。それだけのことだったのだ。

その後、シモンは彼女を追おうとしなかった。もしかしたらそれはまちがっていたのだろうか？　過ぎ去った何週間かのことを、シモンは十回も二十回も、どんな細かな点にいたるまで、くり返し思い起こした。最後のドライブ、あまりにつまらなくてふたりで抜け出した展覧会、耐えがたかったあの母親の夕食会……だがよみがえってくるどの細部、どのイメージ、どの推測からも、すこしずつまた苦しみが強まった。

それでも日々は過ぎていった。自分は時間を稼いでいるのか、それとも人生を失っているのか、今どこにいるのか、彼にはもはやわからなかった。

ある晩、友だちといっしょに薄暗い階段を下りていくと、そこには知らない小さなナイトクラブがあった。ふたりはすでに相当飲んでいたが、こんなときは飲むしかないと勧めあい、結局あらためて悲しくなってしまった。

そんなところへ、黒人の女性が歌いにきた。バラ色の大きな唇をしており、さまざまな思い《ノスタルジー》への扉をいくつも開けて、やるせない感傷に火をつけた。ふたりはともに、その感傷のなかへすべり落ちていった。

「誰かをほんとうに愛せるなら、自分の人生を二年差し出してもいい」友だちが言った。

「うん、ぼくのほうは今、愛してるひとがいるんだ」とシモン。「でもむこうは、ぼくが愛してるって永遠に知らないままだろうな。永遠に」

そしてそれ以上、ひとことも説明しなかった。口ではそう言いながらも、失われたものは何もないような気もしていた。そんなことはありえない、と。だからこの胸のなかで波立つものなど、何の意味もありはしない！

ふたりは歌手をテーブルに呼んで、いっしょに飲んだ。彼女はパリの歓楽街ピガールの出《で》だったが、ニューオーリンズから来たかのように、ふたたびブルースを歌い、気持ちよく酔ったシモンに、哀愁を帯びたやさしい人生の一断片を贈った。さまざまな人物の横顔と、差しのべられた多くの手を浮かびあがらせながら。

シモンはただひとり、遅くまで残って彼女の歌を聴いていた。そして明け方、すっかり酔いもさめて、家に帰った。

＊

翌日の午後六時、シモンはポールの店の前で、彼女を待っていた。雨が降っていた。彼は両手をポケットに突っこんでいたが、その手が震えるのを抑えられず、自分が奇妙にも空っぽになってしまったようで、何も反応できずにいた。

〈ああ〉シモンは思った。〈もしかしたらぼくは、あのひとに対して苦しむことしかできないのかもしれない〉。嫌悪感《けんお》が湧いて、彼は顔をしかめた。

六時半、ポールが出てきた。ダークな色あいのテーラードスーツ、瞳の色と同じブルーグレーのスカーフ、疲れた様子。

シモンはポールにむかって一歩進んだ。ポールがにっこりほほえんだ。

そのとたん、シモンの胸には、言いようのないやすらぎと満たされた思いがいっぱいに広がって、彼は目を閉じた。ぼくはこのひとを愛している。たとえ何が起ころうと、それがこのひとからもたらされようと、失うものなど何もない。

恋に落ちて物が見えなくなっているその表情と、差しのべられた両手を見て、ポールは足を止めた。この十日というもの、彼がいなくて寂しかった。それはほんとうにそうだったのだ。

絶え間なく身近にいて、称賛し、夢中になってくれたことで、わたしには――とポールは思った――ある種のはっきり感じ取れる習慣ができていた。そしてそこから逃れる理由など、何もなかったのだ。でもわたしに向けられているこの表情は、習慣などとは何の関係もない。三十九歳の女の不安をやわらげるものとも関係ない。それは別の何かだ。

周囲の灰色の歩道も、道行く人々も車の流れも、突如舞台のセットになってしまったかのようだった。その場に固定され、ありふれていて、時代もわからない舞台セットのよう。

ふたりは二メートルほどの距離で見つめあっていた。そして現実の、騒がしくてどんよりした通りで彼女がふたたび意識を封じこめないうちに、心がはっきり目ざめていて自身の気持ちの先端まで出てきているあいだに、シモンはさらに一歩進み、両腕で彼女を包みこんだ。

ぴったりと体を寄せ、抱きしめはせず、息を殺しながらも、彼は非常に落ち着いて抱いた。頬を彼女の髪に押しあてると、そのむこうに「時の宝物」という書店の看板が見えた。この本屋にどれぐらい宝物があるんだろう、で、紙くずはどれぐらいあるんだろう、と彼はぼんやり考え、こんなときにそういうばかげたことを考える自分に驚いた。

シモンはついに、問題をひとつ解いたように感じていた。

「シモン」ポールが口を開いた。「いつからあそこにいたの？　ずぶ濡《ぬ》れじゃない」

そのツイードのジャケットのにおいを、彼のうなじのにおいを、ポールは吸いこんだ。動きたくなかった。シモンが戻ってきたことに、意外にも、解放感にも似た安堵《あんど》を覚えていたのだ。

「ぼくはもう」シモンが言った。「あなたがいないと、どうしても生きていけません。ずっと虚《むな》しさのなかでもがいていた。退屈さえしなかった。自分自身をなくしてました。あなたは？」

「わたし？」ポールが口を開いた。「ああ！　この季節のパリは、あんまり楽しくないわね（彼女は会話をふつうの調子に戻そうとした）。新作コレクションをひとつ見て、ビジネスウーマンらしくして、アメリカ人にふたり会ったけど。ニューヨークに来ないかって言われて……」

そう言いながらも、雨のなかに立ったまま、熱烈に愛しあう恋人どうしのように抱擁されて、こんな調子で話してもしょうがないとも思った。それでもポールは動くことができなかった。シモンの唇が、彼女の両方のこめかみにそっと押しあてられていき、それから髪に、頬に移って、ポールの言葉を折々途切れさせていた。ポールは口を閉じ、額をもうすこし彼の肩にもたせかけた。

「ニューヨークに行きたいんですか？」頭の上で、シモンの声がした。

そして彼が何か言うたびに、その顎の動きが頭に感じられて、ポールは小学生のように笑いだしたくなった。

「アメリカ……きっとおもしろい経験になるんじゃないかしら。そう思わない？わたし、まだ一度も行ったことがないから」

「ぼくもです」とシモン。「母親はひどいところだって言ってたけど、そもそもあの人は旅行ぎらいだし！」

シモンはこうして何時間でも話していられそうだった。母親のこと、旅行の楽しさのこと、アメリカやロシアのこと。何でもないようなことでも果てしなく話していたかったし、いくらでも、ただ自然に静かにしゃべっていたかった。もう彼女を驚かせようとも、口説こうとも思わなかった。気分がよく、自分に自信を感じながら、同時に不安だった。本気でキスするには、彼女の家に行かなくてはならない。けれど今、彼女を離したくない。

「考えてみなくちゃ」とポール。

　それがシモンのことなのか、アメリカ行きのことなのか、自分でもわからなくて、彼女は顔を上げるのがこわかった。まだ歳《とし》若い青年の顔が自分にぴったりつけられているのを、見るのがこわかった。自分自身を、賢明で思慮深いポールを、ふたたび見いだすのもこわかった。自分で自分を裁くのが、こわかった。

「シモン」ポールが小声で言った。

　シモンは身をかがめると、ポールの唇に軽くキスした。ふたりとも目を開けたままだったが、どちらも見えるものはといえば、光の反射と影が交錯する相手の巨大な瞳と、おののいてでもいるように、大きく開いてうるんだ瞳孔《どうこう》だけだった。

　二日後の夜、ふたりはいっしょに食事をした。ポールにとってこの十日がどんなものだったか、二言《ふたこと》三《み》言《こと》でシモンは理解した。ロジェの無関心、シモンに対する皮肉、孤独。

シモンと会わずにいたこの日々を、ポールはたぶん、ロジェを取りもどすことにつなげたいと願っていたはずだ。少なくとも、また会って理解しあえたらと。しかしそこには、いらいらした大きな子どもがいるばかりだった。

ポールの努力は慎ましやかだっただけに、いっそう涙ぐましいものだった。ロジェの好きな食事を作り、ロジェが喜ぶドレスを着て、ロジェが気に入る話題を出す。女性誌によく載っているようなこうした手は、ばかばかしいしろくでもないが、知的な女性が使ってみるなら、何にも増して胸を打たれるものになる。けれどもそれらさえ、ロジェには何の効果もなかったのだ。

ポールはそうした手を使うことを、べつに屈辱的だとは思わなかった。「ロジェ、あなたのせいで、わたし不幸なの。ロジェ、今、外でしていることはもうやめて」喉まで出かかっていたこうした言葉を言ってしまうぐらいなら、いいムードの照明にしてみたり、やわらかな羊の腿肉《ももにく》を出したりするほうが、よほど恥ずかしくなかった。それは、大昔から女たちに受けつがれてきた本能でも、苦いあきらめの気持ちでもなく、むしろ「自分たちふたり」に対する――ふたりがともに愛しあっていた姿に対する一種のサディズムだった。まるでどちらかが――ロジェか、ポールか――やがて突然立ちあがり、「もうたくさん」と言うのを待ってでもいるかのような。

ポールは、ロジェがそう言いだすのではと不安に思いつつ、逆に自分のほうがそう言ってしまうのを同じほど不安に思いながら、内心その瞬間を待っていた。だが、むだだった。おそらく何かが失われてしまったのである。

こうして、さまざまな思惑《おもわく》とむなしい希望のうちに十日が過ぎたので、ポールは今や、シモンに屈服するしかなくなっていた。

「ぼくは幸せです。あなたを愛している」すこしもありきたりでなく、そう言うシモン。電話のむこうで口ごもるシモン。何か完全なものをもたらしてくれるシモン。まる一個ではなくても、少なくとも半分、完全なものを。

こうしたことに向きあうにはふたりでなくてはと、ポールにはよくわかっていたが、あまりに長いあいだ、第一の恋人でありながらひとりきりにされてきたことに、もう疲れていた。

「愛するなんて、何でもない」シモンは自分自身について話しながら、そう言った。

「でも同時に、愛されないと」。それはポールにとって、とりわけ自分のことのように思われた。

とはいえ彼女は、一歩踏み出したシモンとの仲の最初から、たとえばロジェとの関係が始まったときの高揚感やときめきではなく、やさしい、どうしようもない物憂さしか感じないのが不思議だった。おかげで足どりさえ重かった。

生活環境を変えたら？　と人には言われたが、それより単に男を変えようと、ポールは悲しい気持ちで思っていた。そのほうが面倒も少ないし、パリの人間らしいし、じつによくあることだし……。そうして鏡に映る顔から目をそむけたり、保湿クリームを塗ったりしていたのだ。

それがこの日の夜、玄関のベルが鳴ってシモンが現れ、人生に甘やかされてきて今もそれが続いているような様子を目の前にしたとき——ダークカラーのネクタイ、不安げなまなざし、全身から放たれている抑えきれない喜び、そしてぎこちなさ——ポールは彼と幸福を、自分が彼に与えることのできる幸福を、ともにしたいと思ったのである。

〈ほら、これがわたしの体、わたしのぬくもり、わたしのやさしさ。わたしにはもう何の役にも立たないけれど、あなたの手でなら、もしかしたらちょっとした味わ

いを取りもどせるかもしれない〉

その晩、シモンはポールの肩の上でやすらぎつづけた。

人々は、友人たちは、これをどんな調子で話しはじめるだろう。ポールは考えた。

「ねえ知ってる？　ポールって……」

そんな噂《うわさ》になることや、強調されるにちがいないシモンとの年齢差を恐れる以上に、彼女は恥ずかしさにとらわれた。みんな、どんなに嬉々《きき》としてわたしの話をするだろう。どんなに勢いこんで言うのだろう。生き方や若い男性の好みをあげつらうだろう。わたしは歳を重ねて疲れ、ほんのすこしやすらぎを求めただけなのに。

そして、考えるだけで気分が悪くなった。人はわたしに対して残忍になりながらも、同時におもねりもするだろうと。そんなことは周囲でいやになるほど見てきたし、わたしも言われたものだ。

「あのかわいそうなポール」それはロジェに裏切られたとき。

「まったく我《が》が強いのね」それは若くハンサムだがつまらない夫と別れたとき。

ポールは非難され、同情もされてきた。けれどこの先に待ちうけている軽蔑《けいべつ》と羨《せん》望《ぼう》が入り混じった感情は、これまで一度としてぶつけられたことはなかった。

第12章

　ポールが思っていたのとは逆に、はじめてのこの晩、シモンは眠らなかった。彼女をただぴったり抱き、そのウエストにできた浅い皺《しわ》に手を置いて身動きもせず、彼女の規則的な息づかいを聞きながら、そこに自分の呼吸を合わせようとしていた。〈寝てるふりって、心底好きなひとにじゃなきゃできないな。でなければ、すっかりいやになってるときか〉

　彼はぼんやりそう思ったが、これまではほぼ後者の場合しかなかったので、今は火の女神ウェスタのもとで聖なる炎を守った巫女《みこ》たちと同じほど、ポールの眠りに誇りと責任を感じていた。

　こうしてふたりはベッドのなかで寄り添ったまま、ひと晩を過ごした。眠ったふりをしている相手をそれぞれ注意深く見守り、愛《いと》しい思いに満たされて、身動きひとつしようとせず。

シモンは幸福だった。そしてポールが十四歳年上でも、十六歳の処女であるかのように、いっそうの責任を感じていた。ベッドでの彼女のこまやかな心づかいに今も胸を打たれたまま、そのひとときがはじめて贈り物のように感じられて、彼はどうしても気をつけなければ、見張りを立てておかなければと思った。やがてある日、自分が苦しみをもたらしてしまう前に、彼女を守るため。

シモンは気をつけていた。卑怯《ひきょう》な自分や昔の騒動、恐怖、急な嫌気や自らの弱さに見張りを立てていた。ぼくはこのひとを幸せにしよう。ぼくも幸せになろう――。

そして自分でびっくりしながら思った。これまでどんなに大きな愛の獲物を手にしようとしていたときでも、こんな誓いを立てたことは一度もなかった、と。

朝になると、ふたりとも目ざめたふりをして、お互いあくびの真似《まね》をしたり、別々にそっと伸びをしたりした。だがけっしていっしょには動かなかった。シモンの体がこちらを向いたり、片肘をついてなかば身を起こしたりすると、ポールは本能的にシーツのなかへもぐりこんだ。彼の視線がこわかったのだ。どんなしぐさよりありふれていて、しかも決定的な、関係を持ったあとの最初の視線が。

けれど我慢しきれず先に動いたのは、彼女のほうだった。シモンは目を閉じ神経を集中させて、ゆうべの幸福を失うのではないかともう恐れながら、息を止めていた。そのときポールが、思いきった。カーテンから差しこむ朝の淡い光のなかで、うすく目を開けてこちらを見ているシモンのほうに向きなおると、そのまま静止したのだ。

わたしはもう若くない、きれいでもないと思いながらも、そんな自分をシモンがはっきり見られるように、少なくともふたりのあいだで、目ざめたときにごまかしがあったということにはならないように、彼の正面に身をさらしたのである。

シモンは薄目を開けたまま、にっこりほほえむと彼女の名前をささやいて、その身にぴったり寄り添った。

「シモン」ポールはつぶやき、体を硬くした。ゆうべのことは一夜の気まぐれにしようと、このときもまだ考えていたのだ。

だがシモンはポールの胸に顔をうずめると、そこにやさしくキスし、胸から肘の内側へ、肩へ、頬へと唇を走らせて、彼女をぎゅっと抱きしめた。

「きみの夢を見たよ」シモンは言った。「これからはもうきみの夢しか見ない」

ポールもシモンを抱きしめ返した。

シモンはポールを仕事場まで送っていきたがった。もし手前の角で降ろすほうがいいならそうするから、と言って。彼女はすこし悲しげに、べつに気にしなきゃいけない人もいないし、と答えた。一瞬沈黙が広がり、シモンがそれを破った。

「六時になるまで外には出られないの？　昼はぼくと食べない？」

「時間が取れないの」とポール。「中でそのままサンドイッチを食べるわ」

「じゃあ、ぼくは六時までどうしよう？」シモンはうめくように言った。

ポールは彼を見つめた。胸に不安が広がった。六時にまた会うのが当然ってわけじゃないでしょ？　だがその一方で、ほんとうの幸せがやってきそうな気もした。毎晩、彼がドアの前にあの小さな車を止めて、早く会いたくてたまらない気持ちを抱えながらわたしを待っている……。毎晩わたしを待っている誰か。気が向いたときだけ、それも夜の八時になってから、うわのそらな声で電話をしてくるのではない誰か……。ポールはほほえんだ。

「今夜わたしに食事の約束がないなんて、誰が言ったの？」

カフスボタンをうまく留められずにいたシモンが、手を止めた。それからすぐ、無表情な声で言った。「いや、べつに」。ロジェのことを考えたのだ、もちろん！

シモンはロジェのことしか考えていなかった。自分の財産を取りかえしにくる者として。それが恐ろしい。だがポールは、ロジェが自分のことなど考えていないとわかっていた。その何もかもが耐えがたい。せめてわたしは、広い心でいられますように！

「ないわよ、食事の約束なんて、今夜」ポールが言った。「いらっしゃい、カフスボタンを留めてあげる」

ベッドにすわっていたポールの前で、シモンがひざまずいて両手を差し出した。カフスがまるで手錠みたいだ。手首は少年のようになめらかで細い。ポールはボタンをはめてやりながら、前にも同じ場面があった気がしてきた。

〈なんだかずいぶん芝居っぽい〉

そう思いながらも、彼女はシモンの髪に頬を押しあてると、幸せそうに小さく笑った。

「で、ぼくは六時までどうすればいいの？」なおもシモンが言う。

「さあ……仕事があるでしょう」

「できないよ」とシモン。「幸せすぎて」

「それでも仕事はしなくちゃ！」

「ぼくには無理。でもどうすればいいのかわかった。散歩して、きみのことを考える。それからひとりで昼を食べて、きみのことを考える。あとは六時になるのを待つ。ぼくはアクティブな若者じゃないからさ」

「弁護士の先生は何ておっしゃるかしら？」

「さあね。どうしてきみは、ぼくが未来の準備なんかして時間を台なしにするのがいいっていうの？　ぼくには今だけが大事なんだ。それでじゅうぶん満足」最後のひとことを、深ぶかとお辞儀をしながら彼は言った。

ポールは肩をすくめた。けれどシモンは、まさに言ったとおりに実行した。次の日からもずっと。車でパリの街を走りながら誰にでもほほえみかけ、ポールの店の前は時速十キロに落として十回も通り、好きなところで止まって本を読んだり、ときには本も置き、頭をうしろにのけぞらせて目を閉じていたり。

その様子は幸福な夢遊病者のようで、ポールは胸を打たれずにいられなかった。彼女はシモンをいっそう愛おしく思うようになった。そして自分は与える側だと感じていたのに、ふと気づくと、そうするのがほとんどなくてはならないことのようになっていて、はっとさせられたのだ。

*

この十日というもの、ロジェはひどい悪天候のなか、出張先での会食を続けていた。おかげでここノール県といえば、果てしなく続くスリップしやすい道路と、個性に乏しいレストランのインテリアというイメージになってしまった。折々、彼はパリに電話した。そして一度にふたつの番号を交換手にたのみ、メイジー／マルセルの文句を聞いてやってから、今度はポールに自分の文句をぶつけた——またはその逆の順番で。ロジェは気落ちして、自分を無能だと感じていた。彼の毎日は、ぱっとしないこの田舎に似ていた。

ポールの声は変化していた。前より不安そうでありながらも、つかみどころがない。ロジェは彼女に会いたかった。これまでも二週間離れていようものなら、必ず彼女が恋しくなったのだ。パリでは彼女が、もちろんいつでも会える状態にしてくれており、会うも会わないも自分の気持ちひとつだったから、しばらく間隔があいても平気だった。だがここリールでは、まるで人生を保留状態《ペンディング》にされていた最初のころのようだ。あのころは、彼女を得られるのだろうかと不安だった。今、彼女を失うのではないかと不安なように。

出張の最終日に、ロジェは「パリに帰る」とポールに連絡した。一瞬沈黙があり、それから即座に彼女は言った。きっぱりした声で「わたし、あなたに会わなくちゃならない」と。ロジェは何も訊かず、ただ翌日会う約束をした。

その日の夜遅く、彼はパリに戻って、ポールの家の前で車を止めた。午前二時。部屋まで上がっていくのを、彼ははじめて躊躇《ちゅうちょ》した。ポールが驚いていつも見せてくれたうれしそうな、でもつとめて平静をよそおっていたあの顔に、はたしてまた会えるのか、心もとなかったのだ。ロジェはこわかった。自分で自分に困惑し、〈寝てるよな。仕事のしすぎでくたくただろう〉などと上がっていかない理由を考えながら、十分ほどぐずぐずしていた。そして結局、走り去った。

だが彼は、自宅の前でも躊躇した。そして急にUターンすると、メイジーの家へ向かった。メイジーは眠っており、むくんだ顔を彼に向けた。「例のプロデューサーたちにつきあわされて、すごく遅くまで帰ってこれなかったの……あたし、めちゃくちゃうれしい……ちょうど今、あんたの夢を見てたところ……」

ロジェは手早く服を脱ぐと、彼女の媚態《びたい》にもかまわず、そのまま寝てしまった。はじめてメイジーに欲望を感じなかったのだ。とはいえ明け方、機械的に事をすませると、彼女の話をすこしおもしろがって聞いてやり、何もかもうまくいくと勝手に判断した。そして午前中をそのままそこで過ごし、ポールとの約束の十分前に、メイジーと別れた。

第13章

「お食事が終わったあとだと、遅くなりすぎるから」

「ちょっと電話しなきゃいけないところがあって」ポールが言った。「お食事が終わったあとだと、遅くなりすぎるから」

彼女が席を立つと、ロジェも立ちあがった。それが社交上の礼儀であれ、気持ちの問題であれ、ポールは立たせてしまってごめんなさいという微笑を彼に向けざるを得なかった。内心そのことにいらだちながら、電話の場所まで、彼女は湿気のこもった階段を下りていった。

シモンとだと、こんなふうではない。ほんとうによく気がついて、にこやかで、ポールに手を貸してくれたがる。彼女のためにドアを開け、タバコに火をつけ、ほんのちょっとしたことでも先まわりしてやってくれる。そうするうちに、何でも彼女より早く考えがまわるようになったほどだが、それは礼儀などではなくて、思いやりなのだ。

今朝、ポールはまだ半分眠っているシモンを置いて出てきた。両腕で枕を抱いて、黒髪は寝乱れたままの彼に、「十二時に電話するわね」と言い残して。だが十二時には、ロジェに会っていた。そして今は、そのロジェをひとりにして、怠惰な若い恋人に電話しようとしている。ポールはそんな自分が、自分ではないようだった。ロジェは気づくだろうか？　額に皺を寄せてうまくいかなかった連日を思いかえしていたその姿は、いっそう老《ふ》けこんで見えた。

シモンはすぐ電話に出た。そしてポールが「もしもし」と言うなり笑いだしたので、ポールも思わず笑った。

「起きてた？」

「十一時から。今、一時だよ。電話局に、この電話が故障してないか訊《き》いちゃったよ」

「どうして？」

「十二時に電話するって言ってたから。どこにいるの？」

「シェ・ルイジ。これからお昼なの」

「ああ！ そうか」シモンが言った。

そして沈黙が広がった。ポールがそっけなく言い足した。

「ロジェと」

「ああ！ そうか……」

「それしか言えないの？」とポール。「『ああ！ そうか……』。遅くても二時半にはお店に戻るわ。これからどうするの？」

「家に帰って、ちょっと服を取ってくる」シモンは早口で言った。「で、ここのハンガーに掛けて、それからきみが気に入ってたあの水彩画をデスノの店で買ってくる」

ふとポールは笑いたくなった。ふたつのことをつなげて言ってしまうその話し方が、いかにもシモンらしい。

「どうして？ ワードローブをうちに持ってくるつもり？」

そう言いながら、そんなことは思いとどまらせようと、ポールは真剣に考えていた。でも何と言えばいい？ シモンは彼女のそばをほとんど離れないし、これまでのところ、ポールもそれを咎《とが》めなかったし……。

「そう」とシモン。「きみのまわりには人がいすぎるよ。だからぼくが番犬になるんだ。それなりのスーツを着てね」

「じゃあ、それはあとでまた話しましょう」ポールは言った。上で、ロジェはひとりでいる。すでに一時間も話しているような気がしていた。ロジェはひとりでいる。戻ればあれこれ訊かれるだろう。そしてあのひとの前では、罪悪感でわたしは防戦できないのだろう。

「愛してる」切る前に、シモンが言った。

電話の前を離れると、ポールはクロークの鏡の前で、機械的に櫛《くし》を取り出して髪をとかした。目の前に、「愛してる」と言われた女の顔が映っていた。

ロジェはカクテルを飲んでいた。昼間はけっしてアルコールを飲まないと知っていたので、ポールは驚いた。

「何かあったの？」

「どうして？　ああ！　このドライマティーニ？　うん、今日は疲れててね」

「ずいぶん長く、あなたに会えなかった」

ポールはそう言ったが、ややぼんやりとしかうなずかないロジェを見て、涙がこみ上げてくるのを感じた。

そのうち、こんなふうに言う日がくるのかもしれない。「二か月会わなかったのかしら、それとも三か月？」そして会えなかった日々を、どうということもなくふたりで数える。ロジェは独特のおかしなしぐさで、疲れた顔をして、その活力となかば無神経な性質に似合わない子どもっぽい様子で……。

ポールは顔をそむけた。ロジェは古いグレーのジャケットを着ている。かつてふたりの関係が始まったころ、彼女の部屋の椅子に掛けられていたジャケットだ。あのときはまだ下ろしたてで、ロジェは自慢げだった。おしゃれにはめったに気を使わないし、そのための繊細さも少々欠けているのに。

「二週間よ」ポールが静かに言った。「元気だった？」

「ああ。まあ、このとおり」

そして口をつぐんだ。「お仕事は？」と訊かれるのを期待したのだろうが、ポールは訊かなかった。先にシモンのことを話さなくてはと考えていたのだ。それからなら、ロジェもいろいろと打ちあけやすくなるだろう。あとからばかな目にあったと思うことなく。

「楽しくやってた？」ロジェが訊いた。

ポールの思考が止まった。こめかみが脈打ちだし、心臓は止まってしまいそうだ。それから自分の口がこう言うのを聞いていた。

「ええ。シモンにまた会ったの。何度も」

「ああ！」とロジェ。「あのかわいい坊や？　ずっときみに夢中なわけ？」

ポールはゆっくりうなずいた。そして目を上げることなく、もう一度うなずいた。

「今も楽しいの？」

ポールは顔を上げたが、今度はロジェがこちらを見ていなかった。グレープフルーツに意識を集中させている。わかったのね、とポールは思った。

「ええ」ポールは答えた。

「楽しいの？　それともそれ以上？」

ふたりの目が合った。ロジェはスプーンを皿に置いた。その口もとの二本の長い法令線を、動かない顔を、すこし隈《くま》のできた青い目を、ポールは気がどうにかなりそうなほどの愛情で見つめた。

「それ以上」ポールは言った。

ロジェの手がスプーンに戻って、柄をつかんだ。このひとは、いつまでたってもグレープフルーツを上手に食べられないのね、とポールは思った。時間が止まったようであり、それでいて耳もとでひゅうひゅう鳴りながら飛び去っていくようでもあった。

「特に言うことはない」ロジェが言った。

それを聞いて、このひとは不幸なんだ、とポールは悟った。幸福ならわたしを取りもどそうとするはずだ。なのにこのひとは、わたしが投げた最後の石で息絶えてしまったかのよう。

「いろいろあったでしょうに、言いたいことは」ポールはつぶやいた。

「『あった』って、過去形か」

「あなたの気持ちの負担にならないようにね、ロジェ。もしわたしが『今でもやっぱり、すべてはあなた次第』って言ったら、何て答えてくれるの?」

ロジェは何も答えなかった。ただテーブルクロスを見つめている。

ポールは続けた。

「あなたはこう言うんだわ。『ぼくには自由が大事なんだ。だからその……その自由を失うぐらいなら、そう、苦労してきみを取りもどそうとは思わない』」

「言うことはこうだ。『ぼくは何もわからない』」いきなりロジェが言った。「たしかにぼくは、考えるのもいやだが……。少なくとも、彼は巧《うま》いのか？」

「そういう巧さは関係ありません」とポール。「彼はわたしを愛してるわ」

　ロジェの緊張がわずかにゆるんだのがわかって、ポールは一瞬、彼を嫌悪した。ロジェはほっとしていた。今回のことはすべて感傷的な問題にすぎず、本物の、オスとしての愛人の座は、変わらず自分の、おれのものなのだ、と思ったからだ。

「それに、はっきり言えるけど」ポールは言い足した。「ある面で、彼はわたしを無関心のままにはさせなかったわ」

　そして自分の言葉にあ然としながら、思った。〈このひとにわざと攻撃的なことを言ったのは、はじめてだ〉

「ほう」とロジェ。「きみを昼食に誘って、どこかの若造とのお楽しみの話を聞かされようとはね。思ってもみなかった」

「あなたはどこかの若い娘《こ》とのお楽しみの話を、わたしに匂わせようとしてたんだものね」間髪入れずにポールが言った。

「そっちのほうが普通だろう」ロジェが奥歯にぎゅっと力をこめた。

ポールはわなわなと震えだした。そしてバッグをつかむと立ちあがった。

「それ、わたしの歳のことを言ってるの？」

「ポール……」

ロジェも立ちあがると、扉にむかって彼女を追いかけた。だがポールは涙で前もよく見えないまま、もう飛び出していた。ロジェは彼女が車に乗ったところで、ようやく追いついた。エンジンをかけようとしているが、うまくいかない。ロジェは手をのばして、彼女が忘れていたキースイッチをまわしてやった。

ロジェの手……。ポールは涙で化粧の崩れた顔を、ロジェに向けた。

「ポール……よくわかってるよな……おれが悪かった。あやまる。おれがそんなふうに思ってないことは、わかってるだろう」

「わかってる」とポール。「わたしも悪かったわ。わたしたち、しばらく会わないほうがいいと思うの」

ロジェは途方に暮れて、立ちつくした。ポールはわずかにほほえんでみせた。

「さよなら、あなた《モン・シェリ》」

ロジェはドアのほうにかがみこんだ。

「きみなしじゃいられないんだ、ポール」

ポールはすばやく車を出した。泣いているのを見られないように。だが涙で視界が曇ってしかたない。彼女は反射的にワイパーを動かした。それから自分のしたことに気がついて、小さく苦笑した。

　時刻は一時半。家に帰って気を取りなおし、もう一度メイクしなおす時間はじゅうぶんある。シモンはもう出かけていますようにと願いながら、もし出かけてしまっていたらとこわくもなってくる。すると門のところで、まさにそのシモンとぶつかった。

「ポール……どうしたんですか？」

　驚いたあまり、彼は思わずていねい語《ヴーヴワイエ》を使った。

〈泣いてるのを見られたんだ。きっと同情される〉そう思うと、ポールの目からいっそう涙があふれた。そしてそのまま何も答えなかった。

　エレベーターに乗ると、シモンはポールを両腕で包みこみ、唇で涙を吸いとってやり、「もう泣かないで」とささやき、低い声で「あいつ殺してやる」と誓って、ポールを思わず笑い顔にさせた。

「わたし、きっとひどい顔してるわね」ポールはそう言いながら、こんなセリフはもう千回読んだ気がすると思った。あるいは百回映画で聞いたのか。

しばらく後、彼女はシモンのかたわらでソファにすわり、その手をとって言った。

「何も訊かないでね」

「今日は。でもいつか全部聞かせてもらう。できるだけ近いうちに。きみを泣かせるなんて許せない。特にやつがそうしたってことが、許せない」怒りでシモンは叫んでいた。「で、ぼくは……ぼくはけっしてきみを泣かせられない……？」

ポールは彼を見つめた。男というのは、まちがいなく獰猛《どうもう》な生き物だ。

「そんなことにこだわるの？」

「ぼくは自分が苦しむほうがいいんだ」シモンはそう言うと、ポールの首に顔をうずめた。

夜、ポールが仕事から帰ってみると、シモンはひとりでスコッチのボトルを四分の三も空けていた。あれから一歩も外に出なかったのだ。そして、自分には個人的な悩みがあったんだと物々《ものもの》しく言い、存在の困難について演説を始めたかと思うと、ベッドでポールが靴を脱がせてやっているあいだに眠ってしまった。

ポールは心の半分でほろりとしながらも、もう半分では、不安に駆られていた。

＊

ロジェは窓辺で、夜が明けていくのを眺めていた。ここはイル・ド・フランス〔パリを首府とし近郊の七県で構成される地域〕によくある、農家風ホテルの一室。奇妙なことに田舎というのは、都会で疲れきった人たちが望むイメージに合う。おだやかな丘の連なり、豊かな畑の広がり、そして街道沿いに延々と続く広告看板。

だが今——夜が明けていくこの不思議な時間帯の今、田舎は本物の、子ども時代のあの遥《はる》かな田舎と同じだった。そのうえ冷たく重い雨のにおいが、ロジェを取りかこみにやってきた。

「週末にぴったりの天気だな」室内をふり返って、彼は皮肉っぽく言った。だが心のうちでは、こう思っていた。

〈なかなかいいじゃないか。この朝靄《あさもや》、素敵だ。ひとりになれたらなあ〉

あたたかなベッドのなかから、メイジーがこちらを向いた。

「窓、閉めて。寒いわ」

メイジーはシーツを肩まで引きあげた。体に幸せな気だるさが残っているものの、これからの一日を思っただけで息が詰まりそうになる。よくわからないこんな田舎に来て、ロジェは黙りこみがちでぼんやりしているし、あたりは見わたすかぎりの畑だし……。メイジーはうめき声をあげたかった。

「窓、閉めてって言ったんだけど」すこし強く、彼女は言った。

ロジェはタバコ《ゴロワーズ》に火をつけた。今日最初の一本だ。一瞬不快なほどの強いにおいと味。それでも何とも言えない旨味《うまみ》が広がっていく。朝の夢想から覚め、メイジーの敵意が強くなってくるのを背中で感じて、彼はタバコを味わいながらもいらいらしていた。

〈怒ればいい。で、飛び起きて車を拾って、パリに帰っちまえばいい！　そうしたら一日じゅう、ゆっくり野原を散歩できる。迷子の犬が一匹、ついてこないともかぎらない〉。なにしろひとりきりはいやなのだ。

けれどメイジーは、二度言葉を発したあとで、ためらった。窓のことなど忘れてまた眠ることもできるし、逆に同じことをさらにもう一度言うこともできる。眠気でぼんやりしている頭のなかでは、こんな言葉が渦巻いている。

〈あたしは女で、寒がってるの。彼は男だし、窓を閉めるべきでしょ〉

だが同時に、まだ朝も早いのだからロジェを刺激してはいけない、と本能が告げていたのだ。

　そこでメイジーは、すこし妥協することにした。

「窓を閉めて朝食をたのんでもらってもいい？　あなた《シェリ》」

ロジェのほうは、がっかりしてふり返り、漫然と言った。

「あなた《シェリ》？　どういう意味だ、『あなた《シェリ》』って？」

　メイジーは笑いだした。

「笑えとは言ってない。ちゃんと意味がわかってるのか、『あなた《シェリ》』の？　そう呼べるほどおれを愛《いと》おしんでるか？　人が言ってる『愛おしむ《シェリール》』って動詞の意味を、ほんとうに知ってるのか？」

〈まったく、これはもうほんとうにうんざりしてるってことだな〉ロジェは自分の言葉に驚いていた。〈女の言葉づかいが気になりだしたら、終わりも近いってこと

だ〉

「どうしたのよ？」

メイジーはベッドから起きあがった。ぎょっとしたような顔で。それがロジェには滑稽に見えた。ふたつの乳房もあらわだ。だがロジェはもう欲情しなかった。下品だ。この女は下品だ！

「大事なんだよ」ロジェは言った。「気持ちってものが。きみにとって、ぼくは単なる浮気の相手だ。便利な浮気相手だ。だから『あなた《シェリ》』なんて呼ぶな。特に朝は。夜ならまだしも！」

「でも、ロジェ」メイジーは怯《おび》えながら抗議した。「あたし、あんたを愛してる」

「いいや、違う！　いいかげんなこと言うんじゃない！」ロジェは怒鳴った。気まずさと安堵が入り混じった気持ちで。なぜなら彼は、どちらかというといい人だったから。そして今の言葉で、この状況がよくあるようなものに、さらに彼にとっては――不適切な関係がいやになった男にとっては、慣れているものに変わったから。

ロジェはズボンの上に手早くセーターを着ると、部屋を出た。ツイードのジャケットも持って出たかったが、それにはベッドのむこう側に行かなければならず、ぐずぐずしたくない気持ちが勝った。

外に出ると、彼は刺すように冷たい空気を吸いこんだ。そして眩暈《めまい》のようなものを覚えた。これからパリに帰らなくてはならない。しかもポールにはもう会えない。濡《ぬ》れた道で車はスリップするのだろう。ポルト・ドートゥイユに着いたらコーヒーでも飲むか。日曜日のパリは、死んだように静かだろうけれど。ロジェは中に戻ってホテルの支払いをすませると、泥棒のようにひっそり立ち去った。ジャケットはメイジーが持って帰るだろうから、秘書に花束でも持たせて取りに行かせよう。

〈なにしろおれは、生き方がわからないんだから〉むっつりと彼は思った。

眉をひそめながら、ロジェはしばらく運転した。そしてふとラジオに手を伸ばしたとき、先ほどの言葉が不意によみがえってきた。

〈『愛おしむ《シェリール》』か〉彼は思った。〈愛おしむ、それはポールとおれのことだったんだ〉

彼はもう何にも関心が持てなくなっていた。ロジェは、ポールを失ったのである。

第14章

一週間後、ポールは家に入るなり、タバコのにおいで喉が痛くなった。そこで居間の窓を開けると「シモン」と呼んだが、返事がない。一瞬不安になり、それからそう感じたことに驚いた。

ポールは居間を抜けて、寝室に行った。シモンがベッドの上で、大の字になって寝ている。シャツの襟が大きく開いている。ポールはもう一度名前を呼んだが、身動きひとつしない。

彼女は居間に戻ると戸棚を開け、スコッチのボトルを調べて、わずかにしかめ面《つら》をしながら元の場所に戻した。そして目でグラスを捜したが、なかったのでキッチンに行ってみた。シンクのなかで、洗われたグラスが水をしたたらせている。

ポールは一瞬立ちつくしてから、ゆっくりコートを脱ぐとバスルームに行き、念入りにメイクを直して髪を整えた。と、急にブラシを置いた。こうしてきれいでいようとするのが、弱さの表れのように思えていやになったのだ。シモンの前で、魅力的であろうとしているのだから！

　ポールは寝室に戻ると、シモンを揺り動かして、枕もとのランプをつけた。シモンは伸びをするとポールの名をつぶやき、壁のほうへ寝返りを打った。

「シモン」きびしい声でポールは呼んだ。

　シモンがこちらに寝返りを打つと、ポールのスカーフが現れた。眠る前、そこに顔をうずめていたにちがいない。そんな彼のフェティシズムを、ポールはよくかった。でも今はもう、笑う気になれない。冷ややかな怒りが湧いてくるのを、ポールは感じていた。そしてシモンを明かりのほうにひっくり返した。シモンは目を開け、ほほえんだが、すぐ真顔になった。

「どうしたの？」

「話があるの」

「わかってた」そう言うと、彼はベッドの上にすわった。

　ポールは立ちあがった。そうしないと、彼の目の上に落ちてくる黒い前髪を、反射的に掻《か》きあげてやりそうになってしまうからだ。ポールはうしろを向いて、窓にもたれた。

「シモン、このままじゃだめ。この話をするのもこれが最後よ。あなたは仕事をしなくちゃ。それに隠れて飲んでるわね」

「グラスなら洗ったよ。だらしないのは、きみが大嫌いだから」

「だらしないのも、嘘《うそ》をつくのも、やる気がないのも大嫌い」ポールは荒々しく言った。「あなたのことも、大嫌いになりかけてるわ」

背後でシモンが立ちあがったのを、彼女は感じた。憔悴《しょうすい》した顔をしているだろう。けれど彼女は、わざとふり向かなかった。

「なんとなくわかってた」とシモン。「きみがぼくのこと、もういやになってきてるって。好きになるのと、もう全然愛していないのあいだって、あっという間なんだな。そうじゃない？」

「これは気持ちの問題じゃないの、シモン。あなたがお酒を飲むこと、何もしないこと、だめになっていくことが問題なの。仕事をしなさいって言ったでしょ。もう百回も。これが最後よ」

「で、そのあとは？」

「そのあとは、あなたに会えなくなる」とポール。

「そんなふうにぼくから離れていくんだ」物思わしげにシモンは言った。

「そうよ」

ポールは彼のほうに向きなおり、口を開いた。

「いい？　シモン……」

シモンはふたたびベッドにすわると、奇妙な表情で自分の両手を見つめた。それからその両手をゆっくり上げて、顔を覆《おお》った。ポールは呆然《ぼうぜん》とした。これほど絶望に打ちひしがれている人を、見たことがなかったのだ。涙も流さず、動きもしない。ポールは彼の名をつぶやいた。自分には理解できなかった危険が彼の前にあるなら、そこから救おうとするかのように。そして彼のもとまで行った。シモンは顔を覆ったまま、ベッドの端で静かに体を揺らしている。酔っぱらってるのね、とポールはとっさに思い、その揺れを止めようと手を伸ばした。続いて彼の両手を顔から剝《は》がそうとしたが、抵抗されたので、ひざまずいて彼の両手首を握った。

「シモン、わたしを見て……。シモン、こんなお芝居やめて」

ようやく両手が顔から離れ、シモンはポールを見た。だがその顔にはまったく表情がなく、ただなめらかで、彫像のようだった。ふたつの目も、光を失った人のよう。ポールは本能的に、その両目を手で覆った。

「どうしたの？ シモン……何があったか言って……」

シモンはさらにすこしうなだれると、ポールの肩に頭をのせて、ため息をついた。疲労困憊《こんぱい》した人のように。

「つまり、きみはもうぼくを愛してないってことだ」静かに彼は言った。「で、ぼくにできることでは、もう何をやっても、どうにもならないんだ。最初から、いつかきみに追い出されるってわかってた。で、ぼくはそれを待ってたんだ。その予感に勝てなくて、時にはそう願いさえした……。それがいちばんいけなかった。よく願ったんだよ、特に夜」ここでシモンは声を落とし、ポールは顔が赤らむのを感じた。「で、今日、とうとうそうなった。この一週間、なんとなくわかってたんだ。この世のウィスキーを全部飲んでも、不安はなくならなかった。きみがすこしずつぼくに愛想をつかすのを感じてた。そういうわけさ……ポール」シモンはただ続けた。「ポール……」

ポールはシモンの体に両腕をまわして、抱きしめた。目に涙があふれてくる。そして自分がやさしい言葉をささやくのを聞いていた。

「シモン、ばかね……ほんとに子どもなんだから……大事なあなた《モン・シェリ》、愛しいひと、かわいそうに……」

そして額に、両頬にキスしながら、ふと胸を刺される思いがした。ついにわたしは母性愛のレベルに達してしまったのか、と。だが同時に、自分のなかの何かが、シモンの苦しみをやさしく揺すって、どうしてもやわらげてやりたがっていた。そうすることで、自分もまた満たされる気がしたのだ。長らくのその苦しみは、ポールもまた抱えていたものだったから。

「疲れてるのよ」とポール。「見捨てられた男の役をひとりで演じて、それに飲みこまれちゃったのね。あなたを大切に思ってるわ、シモン。すごく大切に。このところ仕事のせいで、わたし、ぼんやりしてたわね。でもそれだけよ」

「それだけ？　出ていけって言わない？」

「今日はね」ポールはほほえんだ。「でも仕事をしてほしいの」

「きみが望むことなら何でもする」とシモン。「ここに来て、横になってよ、ポール。ほんとうに心配だった！　ぼくにはきみがいてくれなきゃ。キスして。もう動かないで。こういう複雑なワンピースって嫌いだ……ポール……」

しばらく後、ポールは動かなかった。シモンは体を触れあわせたまま、ぐったりして彼女のうなじに手を置き、おだやかに呼吸している。ポールは胸を引き裂かれそうなほどの、あまりに苦しい所有感でいっぱいになって、彼を愛していると思った。

翌日シモンは仕事に出かけ、雇用主である先生とすこし折りあい、いくつかの案件に目を通し、ポールに六回電話して、母親を安心させて金を借り、仕事ですっかり消耗した様子で八時半にポールの家へ帰った。だがほんとうは、帰る前に二時間、バーで「4 2 1《キャトル・ヴァンテアン》」〔4と2と1が最強の組み合わせになるサイコロゲーム。バーのカウンターなどでよく行われる〕をして、勝ち誇った気分をまとったのだ。

まったくつまらない仕事だよ、とシモンは内心思った。空いた時間をうめるのは、相当大変だな。

第15章

例年二月になると、ロジェとポールは山へ出かけて一週間ほど過ごしていた。そのときのふたりの気持ちがどうであろうと（当時はロジェの気持ちだけが問題だったわけだが）、毎年、しばらく静かに過ごせるようにと都合をつけてきたのだ。

ある朝、ロジェはポールの仕事場に電話して、ぼくは十日後に出かけるけど、きみの切符も買ったほうがいいかなと訊いた。

一瞬、沈黙が広がった。

どうしてこんなふうに誘う気になったんだろうと、ポールは血の気が引くような思いで考えた。わたしへの本能的な欲求からか、良心の呵責《かしゃく》からか、それともわたしをシモンから引き離したいからか。

三つのうちの最初の理由でなら、行ってもいいかもしれない。でもロジェが何を言っても、完全に信用することはできないから、一週間の滞在中、大いに苦しむことになるだろう。

それがポールにはよくわかっていた。と同時に、バイタリティーあふれる山でのロジェの姿も浮かんでくる。こわごわついていくわたしをよそに、猛スピードでゲレンデを滑りおりていくロジェ――ポールは胸を引き裂かれた。

「どう？」

「無理だと思うの、ロジェ。わたしたち、ほかのことは考えてないっていう……ふりをすることになるわ」

「ぼくが出かけるのは、まさに何も考えないためさ。そうできるよ。約束する」

「いっしょに行ってもいいけど、それはあなたが……（「あなたがわたしのことを、わたしたちのことを、考えてくれるなら」とポールは言いかけたのだが、言葉を飲みこんだ）……あなたがほんとに、わたしに来てほしいって思っているなら。でもあなたは、ひとりで行ったほうが楽しいんじゃないかしら。でなければ……ほかの誰かといっしょのほうが」

「そうか。今はパリを離れたくないってことだな」

〈シモンのことを考えてるのね〉ポールは思った。〈どうしてみんな、物事の表面しか見ないんだろう？〉そう思いながらも、この一か月、たしかにシモンといることが、表面的にはわたしの日常になってる、と心のなかでつぶやいた。それにわたしのなかの何かが、ロジェの誘いをすぐ却下したのも、おそらくシモンのせいなのかもしれない。

「そう思いたいんなら……」ポールは答えた。

またも沈黙が広がった。

「ポール、最近きみ、あんまり顔色がよくないよ。疲れてるみたいだ。ぼくと行かないにしても、どこかへ出かけたほうがいい。そういう時間が必要なんじゃないか」

その声はやさしく悲しげで、ポールは目に涙がこみ上げてくるのを感じた。そう、彼女にはロジェが必要だった。たった十日の旅行などではなく、完全に守ってほしかった。それがなぜわからないのだろう。物事にはすべて限度というものがある。男のエゴイズムに対してさえ。

「出かけることにするわ」彼女は答えた。「で、絵はがき、送りあいましょう。別々の山から山へ」

電話が切れた。要するに、ロジェはたぶん、単に救いの手を求め、ポールはそれを断わったのだ。これがロジェへのすばらしき愛！　だが同時に彼女は、漠然とこう感じてもいた。わたしはまちがっていない。わたしにだって、自分の都合を言ったり、それで苦しんだりする権利——というより、義務がある。

なにしろ彼女は、今シモンに熱く愛されている。

これまでのところ、彼女はいつもシモンとふたりきりで、近所の小さなレストランに出かけていた。ところがその晩、帰宅すると、ドアのところにダークスーツを着た彼がいた。髪もきれいに整えて、すっかりフォーマルな雰囲気だ。その美しさに、ポールは改めて目をみはった。猫のように切れ長の目、完璧な形の口。〈昼間でもガウンにくるまってわたしを待ってる坊やが、じつは、女を惹《ひ》きつけずにおかない野性味あふれる男性だとはね〉ポールは愉快な気持ちで思った。

「素敵！」彼女は言った。「でもどうしたの？」

「出かけようよ」と彼。「ゴージャスな店で食事して、踊りに行こう。ここで目玉焼きふたつ食べるのでもじゅうぶん楽しいけど、きみを外に連れていきたいんだ」

シモンはポールのコートを脱がせた。ポールは、彼からオードトワレが香るのに気がついた。寝室に行くとベッドの上に、胸元が大きく開いたセミイヴニングドレスが広げてあった。これまでに二度しか着たことのないものだ。

「ぼくがいちばん好きなやつ」とシモン。「カクテル、飲む?」

彼はポールの好きなカクテルを、ふたり分用意した。ポールはなんだか気持ちがついていかないまま、ベッドの端に腰かけた。山から下りてきたら、いきなり俗世のパーティーだなんて！　ポールはシモンに、ただほほえみかけた。

「楽しい?　疲れてない?　もしここにいるほうがいいんなら、今すぐスーツを脱ぐけど」

彼はベッドの上に片膝《かたひざ》をのせると、ジャケットを脱ぐ真似をした。ポールは彼にもたれて、シャツの下に手をすべりこませた。手のひらに、肌の熱さが伝わってくる。なんて生き生きしてるんだろう、生き生きと熱いんだろう、このひとは。

「うん、とってもいい考え」と彼女。「このドレス、好きなの?　でもこれを着ると、ちょっとどうかしちゃったみたいに見えるわ」

「きみの裸が好きだから」と彼。「で、きみのドレスのなかで、これがいちばん肌が出る。ずいぶん探したんだ」

ポールはグラスを受け取ると、飲んだ。前はよくひとりで家に帰ってきて、ちょっと寂しい気持ちで本とともに眠りについたものだ。でも今はシモンがいる。シモンが笑い、シモンが幸福で、シモンとともに彼女も笑うと、彼は二十歳も年上の人といるかのようにふざけて、当時大流行したチャールストンをどうしても教えてほしいと言いだし、彼女は踊りながら絨毯《じゅうたん》の上でよろけ、息を切らして彼の腕に倒れこみ、抱きしめられて、さらに華やかに笑った。ロジェも雪も、後悔の念も、きれいに忘れて。

ポールは若返っていた。美しかった。そしてシモンを部屋の外に出すと、少々ヴァンプ風にセクシーなメイクをして、大胆なそのドレスを身にまとった。シモンは待ちきれなくて、ドアをドンドン叩《たた》いている。そのドアを開けて出ていくと、彼は目をみはって彼女を見つめ、あらわな肩にキスの雨を降らせた。それから二杯目のカクテルを持ってきた。ポールはお酒が飲めるほうではないのだが、幸せだった。すばらしく幸せだった。

ナイトクラブではとなりの席に、ポールがよくいっしょに仕事をしたすこし年上の女性がふたりいて、驚いたような微笑で彼女を見た。シモンがポールと踊ろうとして立ちあがると、こんな声が聞こえてきた。

「あの人、今いくつだったかしら?」

ポールはシモンに寄りかかった。何もかもが崩れ去った。この歳でこんなドレスはばかに見えるし、シモンはちょっと目立ちすぎるし、今のわたしはちょっと愚かしすぎるのだ。

家まで送って、と彼女はシモンにたのんだ。シモンは何も言わなかった。彼にも聞こえたことが、それでわかった。

ポールはすばやくドレスを脱いだ。シモンはクラブで演奏していたオーケストラのことを話している。彼を帰してしまいたいと思いながら、ポールは暗いなかで横たわった。シモンは服を脱いでいる。カクテル二杯にあのシャンパンまで飲んだのはまずかった。明日の朝、顔がむくんでいるだろう。ポールは悲しみでくらくらする気がした。シモンが寝室に入ってきて、ベッドの端にすわり、ポールの額に手を置いた。

「今夜はいや、シモン」ポールは言った。「疲れてるの」

シモンは返事をせず、身動きもしなかった。そのシルエットがバスルームからの明かりで浮かびあがっている。うつむいて、何かをじっと考えているようだ。

「ポール」ようやく彼は口を開いた。「話さなきゃいけないことがある」

「もう遅いわ。眠いの。明日にして」

「だめだ」と彼。「今話しておきたい。聞くんだ」

ポールはびっくりして目を開けた。シモンのこんな強い口調を聞くのは、はじめてだ。

「うしろであの婆《ばあ》さんたちが言ってたことは、ぼくにも聞こえた。あれできみが傷つけられたのが、我慢ならない。きみらしくもない。あんな言い方は卑怯だし、ぼくにとっても不愉快だ」

「シモン、何でもないことを、そんなに大げさに言わなくても……」

「大げさになんか言ってない。きみが大げさに考えるのをやめさせたいだけだ。そういう気持ちをぼくには隠したいんだろうけど、隠すべきじゃない。ぼくは子どもじゃないんだよ、ポール。きみを理解できるし、たぶん力にもなれる。きみといて、とても幸せだ、ね、でもぼくの望みはそれだけじゃない。きみが、ぼくといて幸せであってほしい。今のところ、きみはその点でロジェに左右されすぎてる。それよりも、ぼくらのことを前向きに考えてほしい。単に幸運とか偶然とかでいっしょにいるんじゃなくて、これからしっかりした関係を築いていけるように、きみも力を貸してほしい。そういうことだ」

シモンは落ち着いて、だが努力して話していた。ポールは驚いて、だが希望のようなものを感じながら、それを聞いていた。シモンは深く物事を考えない男の子かと思っていたが、そうではなかったのだ。しかも、ポールが一からやりなおせると信じている。もしかしたら、結局のところ、それは可能なのかも……？

「ぼくはいいかげんな男じゃない。二十五だけど、きみと出会う前はほんとうに生きてたとは言えなかった。これからも、きみがいなければ、きっともう生きてはいけない。きみはぼくにとって、かけがえのない女性、いや、人間なんだ。それがわかってる。きみさえよければ、明日にでも結婚する」

「わたし、三十九よ」ポールは言った。

「人生は女の日記でも、過去の経験の続きでもない。きみはぼくの十四歳年上で、ぼくはきみを愛していて、これからもずっとずっと愛していく。それだけだ。だからきみが、たとえばあのババアどもとか世間が言うこととかのレベルに自分をおとしめるのは、耐えられない。きみにとっての、ぼくらにとっての問題は、ロジェだ。ほかにはない」

「シモン」とポール。「申し訳なかったわ……その、わたしはあなたが……」

「ぼくがちゃんと考えてるとは、考えてなかったんだよね。それだけのこと。さあ、もうちょっとむこうに行って」

彼はポールの横にすべりこむと、彼女にキスをし、抱きしめた。ポールはもう疲れているとは言わず、シモンは彼女に、これまでになかった強烈な快楽を味わわせた。それから汗に濡れた額をなでてやり、いつもとは逆に、自分の肩のくぼみに彼女を寝かせて、その上にそっと毛布をかけた。

「おやすみ」シモンはささやいた。「ぼくが全部なんとかするから」

暗いなか、ポールはかすかにやさしくほほえんで、シモンの肩に唇をつけた。守る者の悠然とした落ち着きで、シモンはその愛撫《あいぶ》を受けていた。そしてそのまま長いあいだ、眠らずにいた。断固とした自分の決意を、恐れると同時に誇らしく思いながら。

第16章

復活祭《イースター》が近づいていた。シモンは毎日、地図ばかり眺めて過ごしている。職場では先生の資料ファイルのあいだに隠し、ポールの家では絨毯の上に広げ、すでにイタリアへの旅行を二回、スペインへの旅行は三回計画して、今はギリシャへ行くのはどうだろうと考えている。

その計画を、ポールは黙って聞いている。休みは長くて十日しか取れないし、列車に乗るのも億劫《おっくう》なほど疲れているのだが。ほんとうは田舎に家がほしい。同じように続くおだやかな毎日がほしい。つまり、子ども時代のような毎日が！

だがシモンをがっかりさせる気にはとてもなれない。彼はすでに旅行のプロにでもなった気分で思い描いているのだ――列車から先に飛び降りてポールに手を貸し、十日前に予約しておいた車へ案内して、そのまま街の最高級ホテルに着くと、部屋には電報でたのんでおいた花が飾られている——。自分が列車をうまく乗り継いだり、切符をきちんと取っておいたりできない質《たち》であるのを忘れたまま。シモンは夢を見ていた。夢を見つづけていた。そしてその夢はすべてポールに向かっていた。流れの激しいいくつもの川が、おだやかな海に流れこむように。そして日中はいつも同じ事務所、夜はいつも同じ家で同じひとのそばにいて、同じ欲望と不安と苦しみで宙づりにされているこの数か月ほど、自由だったことはないと感じていた。

　ポールはあいかわらずつかみどころのないことも多く、目をそらしたり、シモンの情熱的な言葉にも、ただやさしくほほえんだりするばかりだ。そしてロジェの話になると、あいかわらず黙っているばかり。

シモンはよく、自分がどうにもならない戦いをしている気分になった。非常に消耗する、出口のない戦いを。時はいたずらに過ぎていくばかりで、どんなに時間を積み重ねようと何も得られない。ロジェの思い出を消すのではなく、ポールのなかにあるロジェの何か、抜き去ることができずに苦しい根のような、なのに彼女が揺るぎなく持ちつづけている何かを、消滅させなければならないのだ。けれど、ときどきこうも思うようになっていた――彼女に恋をしたのは、その揺るぎなさや、受け入れている苦しみがあったからこそではないのか。そしてその恋が続いているのも、おそらく。

とはいえ、最も多く思うのは、〈ポールが待ってる〉ということで、このときシモンにとっては、ロジェなどまったく存在していないかのようになる。ポールは彼を、シモンを愛していて、すべてはシンプルで、目がくらみそうなほど幸せ。

そしてポールもまた、そんな瞬間のシモンがいちばん好きだった。ふたりの親密さを、ポールも認めざるを得ない明白な事実として、自分に示してくるときのシモンが。ポールは自分の慎み深さに、いいかげん嫌気がさしていた。

ただひとりになって、自分なしで生きているロジェを思うと、それがひどい誤りに思えてくる。そしてどうしてこんなことになってしまったんだろうと、凍りつきそうな気持ちで自問する。「彼ら」と呼ばれ、「わたしたち」と考えるのは、いつもロジェとポールのことであり、シモンは「彼」でしかないのに。そう知らないのはロジェだけだ。

もしロジェが今の暮しにうんざりしたら、わたしのところへ愚痴を言いにきて、きっとわたしを取りもどそうとするだろう。そしてきっと、そうしてしまうだろう。シモンは決定的に傷ついて、わたしはふたたびひとりになる。そしていつかかってくるとも知れない電話を待ちながら、心に小さな傷がいくつもできるのを、見ているしかなくなるのだ。

その何もかも、わたしには逃れられないこと――ポールは自分自身の運命論と闘っていた。わたしの人生には、逃れられないひとがいる。それが、ロジェ。

それでも彼女はシモンと暮らし、夜は彼の腕のなかで吐息を漏らし、時には自分から彼を抱きしめた。子どもか、でなければ技巧に長《た》けた愛人たちにしかできないような抱きしめ方で。所有欲にあふれながらも、所有というもののはかなさに怯えるあまり、その激しさに気づいていないような抱きしめ方で。

そしてそんなとき、ポールはふと歳のことを思う。歳を取った者ならではの比類ない愛の情熱を思い、つづいて自分を、ロジェを、恨めしく思う。自分とはっきり別れようとしないロジェ、ここにいないロジェを。ロジェがポールをわがものにしていたとき、彼は主《あるじ》、彼女は所有されている者で、歳も彼のほうがすこし上なだけだから、すべて世間のモラルやバランスのようなものの慣例に合っていた。そして彼女自身、そうあることに疑いを感じていなかった。けれどシモンは、自分を彼女の主とは思っていない。無意識の演技で、破滅に向かうとも思わずに、彼女の肩の上で眠るような依存の態度をとっている。守ってもらいたがっているように。そして朝早く起きては朝食のしたくをし、何もかもに彼女の意見を求めるのだ。そんな様子にポールは心を動かされたが、なんとなく困惑したし、何か普通ではないものを前にしているようで、居心地が悪い。

そこで彼のいいところを考えてみる。まず、今は仕事をしている。前に一度、ヴェルサイユでの裁判に連れていかれたことがあったが、シモンはそこで、若き弁護士としてなかなかの役を演じた。両手を組んで、マスコミの記者たちに余裕ある微笑を送りながらも、活躍の場がポールを中心にくり広げられてでもいるように、その視線は必ずポールのもとに戻ってきた。見知らぬ聴衆にむけての弁論でも、時おりふと口をつぐんでポールのほうをちらりとふり返り、ちゃんと自分を見てくれているのか確かめる。もちろん、心が離れていくカップルの芝居をしてみせているのではない。

ポールのほうも、称賛の思いと、ありったけの興味をたたえたまなざしで、彼を見つめていた。そして彼がまたむこうを向くと、それは愛情と誇らしさのまなざしに変わる。

傍聴席の女性たちは、シモンをさかんに見つめていた。ポールは気分がよかった。誰かがわたしのために生きている。ポールはついに、もう歳の差など関係ないと思うことができた。〈十年後も、あのひとはわたしを愛してるだろうか？〉と考えることもなくなった。

だが彼女のなかの何かが、執拗《しつよう》にこうくり返していたのである――十年後は、わたしはひとりか、ロジェといるかだろう。

もっともシモンへの愛情は、どうすることもできないこの二重の気持ちを思うと、いっそう強まるのだ。

〈かわいそうな犠牲者、愛《いと》しい犠牲者、わたしのシモン！〉

ポールは、苦しめてしまうひとを愛するというぞっとするような喜びを、はじめて味わっていた。どうすることもできずに。

そして「どうすることもできずに」いる結果、ある日、シモンが苦しむ男としての権利で詰め寄ってくるだろうと、恐ろしかった。

「どうしてぼくよりロジェがいいんですか？　あんないいかげんで品のないやつのどこが、ぼくより、毎日ぼくの捧《ささ》げる激しい愛より、いいっていうんですか？」

そして、ロジェのことを説明しなければと思うだけで、すでに彼女は落ち着きを失う。そのときポールは「彼」という言葉は使わず、「わたしたち」と言うだろう。ロジェと自分の人生を、切り離せずにいるのだから。それがなぜかはわからない。もしかしたら彼との愛に、六年の努力を捧げてきたせいかもしれない。その絶え間ない、つらい努力が、彼女にはとうとう幸福よりもかけがえのないものになってしまったのかもしれない。その努力がむだになったら、彼女の自尊心が耐えられないからかもしれない。そしてその自尊心は、これまであまりに傷ついてきたために、その傷を糧《かて》にし、むしろさらに苦しむために、とうとうロジェを主として選んで奉《たてまつ》ったのかもしれない。

　いずれにせよ、ロジェはつねにポールから逃げていた。そしてそんな曖昧な闘いが、ポールの存在理由《レゾンデートル》になってしまっている。

　でも、そもそもわたしは、闘うようにはできていないのに——ポールはよく自分にそうつぶやいた。絹のようになめらかで、さらさらしたシモンの髪を、やさしく掻きあげ、なでながら。

この手のように、わたしも人生をなめらかに進んでいけるはずよね――彼女はシモンにささやいた。ふたりは夜の闇のなか、眠りに落ちるまでの長い時間を、そうやって過ごしていた。

手をつないでささやきあっていると、ポールはふと十四歳のときの同級生といるような、不思議な気分におちいる。幽霊が出そうなあの寄宿舎の共同寝室で、女の子たちは声をひそめて神や男性について話したものだ。

ポールがそうシモンにささやくと、彼はどことなく秘密めいたその話に大喜びして、小声で訊《き》いてくる。

「もし離婚してなかったら、どんなふうに生きてた?」

「そのままマルクといたでしょうね。夫になった人よ。根はいい人だったの、社交好きで。お金がありすぎて……わたしは何かやってみたくて……」

ポールは説明しようとした。決心ひとつで、働く女性というほんとうに大変で屈辱的で複雑な世界に飛びこんで以来、それまでの人生がどのように突然姿を変えたか。奔走し、金銭上の不安を抱え、ほほえんで、またほほえんで、何度も沈黙して。

シモンは聞いていた。そうした思い出のなかに、彼女の愛にかかわる何かを見つけようとしながら。

「で？」

「で、そんなふうに生きていったと思う。たいした気持ちもないまま、マルクを裏切って誰かと浮気したりしながらね。わからないけど……ただ、子どもを産んでたでしょうね。そしたら、それだけでもう……」

ポールは口を閉じた。シモンはポールを抱きしめた。彼はポールの子どもがほしかった。何もかもほしかった。ポールは笑って、唇でシモンの瞼《まぶた》をやさしく愛撫すると、続けた。

「二十歳のころは、こんなふうじゃなかったわ。すごくよく覚えてる。幸せになろうって決めてた」

そう、ポールはとてもよく覚えている。街を、浜辺を、その決意に突き動かされるようにして歩いていたのだ。歩きつづけ、探しつづけていた。ひとりのひと、ひとつの考えを。獲物を。幸福をつかもうという意志が、オーラのように彼女の頭上にたなびいていた。その意志は、すでに三世代にわたって女性たちの頭上にあったから〔フランスでは一八六九年に「女性の権利」紙が創刊され、七〇年には女性の権利協会が創設されて女性解放運動が進んでいった〕、世の中にはもう昔のような障害はないものの、幸福をつかむための意志というものは、けっしてじゅうぶんにはならないのかもしれない。

今やポールは幸福を得ようとはしておらず、守ろうとしている。ひとつの仕事と、ひとりのひとを。そしてどちらも長年同じなのに、三十九歳にしてまだ確信を持てずにいる。

シモンはポールと肌を触れあわせたまま、眠りかけていた。ポールはそっと声をかけてみる。

「寝た……？」

そのひとことで、シモンはふと目ざめると「寝てない」とつぶやき、暗闇のなかで彼女に体を押しつけた。香水の香りと、混じりあうふたつの体の熱さに包まれて、彼はすばらしく幸せだった。

第17章

これで三十本か——吸いさしを、すでにあふれかけている灰皿でもみ消しながら、彼はそう気がついた。そして嫌悪《けんお》感で身震いしながら、枕もとのランプをふたたびつけた。時刻は午前三時。眠れない。さっと窓を開けると、ひやりと冷たい風が顔にも首にも突き刺さる。あわてて閉めると、彼は寒さを「眺める」ようにしながら窓にもたれた。

やがて人けのない通りに背を向けると、鏡を一瞥《いちべつ》して、すぐに目をそむけた。自分が気に入らない。ナイトテーブルの上にあるゴロワーズの箱をつかんで、機械的に一本口にくわえたが、それもそのまま元に戻す。こうした機械的なしぐさが、これまでは人生の味わいの大きな部分を占めていたのに、もうおもしろくもない。独り者のこうしたしぐさにも、タバコの味自体にも嫌気がさしている。健康には気をつけないと体を壊すにちがいない。

もちろん彼はポールのことを悔やんでいたが、それだけではなかった。彼女は今、あの甘やかされた青二才の腕のなかで眠っているのだ。何もかも忘れて。だがこっちは外に出てプロの女性でも見つけ、飲むしかない。ポールはそれもお見通しだろうが。

〈あいつは、おれのほんとうにいいところをわかってない〉とロジェは思った。がさつだとか乱暴だとか、こっちはできるかぎりしっかりしたものを与えてきたというのに。女ってやつはみんなそうだ。何もかも要求し、何もかも差し出して、いつのまにかこちらを完全な信頼のなかに取りこんでおきながら、ある日まったく取るに足りない理由でいなくなる。ポールにとって、あのシモンとやらとの関係など、取るに足りないの最《さい》たるものだろう。

だが今このとき、あの小僧は自分の腕に彼女を抱き、仰向けになった顔にかがみこんでいるのだ。あんなにもなめらかな、あんなにも快楽に従順なあの体に、あんなにも……。

彼は激しい勢いでふり向くと、とうとうタバコに火をつけ、怒りにまかせて貪欲《どんよく》に煙を吸いこんだ。それから暖炉のなかに灰皿をあけた。火を焚《た》いておくべきだった。ポールはここに来ると、いつも火を焚いた。ひざまずいて火がおこるのをじっと見守り、時おりとてもおだやかな動作で器用に炎を煽《あお》る。それから立ちあがってすこし下がると、部屋はバラ色に染まり、影が落ち着きなく揺らめいて、ロジェはポールを抱きたくなる。そしてそう口にする。

だがそれもずいぶん前のことだ。ここにポールが来なくなってどれぐらいになるだろう？　二年、いや三年？　彼のほうが、ポールの家に行くようになったからだ。そのほうが簡単だったから。そしてポールはロジェを待つようになった。

　ずっとつかんでいた灰皿を、ロジェは手から放した。灰皿はそのまま床を転がった。彼は灰皿に割れてほしかった。無気力を脱して、破片や残骸《ざんがい》を飛び散らせてほしかった。だが割れなかった。灰皿が砕け散るのは小説か映画のなかでだけだ。それにはポールの家にたくさんあるような、高価で洒落《しゃれ》たガラス製でないとだめなのだ。低価格スーパー《プリジュニック》の頑丈なのではなくて。

　彼はポールの家にあるさまざまな品を、少なくとも百個は壊していた。だがポールはいつも笑っていた。最後に割ったのは、美しいクリスタルのグラス。珍しい金褐色のウィスキーを湛《たた》えていた。もっとも彼が支配者で主だったあのアパルトマンでは、何もかもがそんなふうだった。調和して心地よく、落ち着いていた。それでも夜、そこから出かけていくときには、毎回逃げ出すような気分だったのだ。それが今、ひとりで自分の家にいて、割れない灰皿にやるせない怒りを抱いている。彼はふたたび横になると、ランプを消した。そして一瞬、おれは不幸だと認め、眠りに落ちた。心臓の上に手を置いて。

第18章

ある晩、彼らはレストランの入り口でばったり出会い、パリではよくある昔ながらのばかげたシーンを三人で演じた。彼女は遠くから、男に軽く会釈《えしゃく》する。かつてその肩の上でうめき、吐息を漏らし、眠った男だ。男はぎこちなく挨拶を返し、シモンも一瞬そちらを見る。殴りかかりたいのをこらえながら。

彼らはじゅうぶん離れたふたつの席にすわり、彼女はメニューを見て、目を上げることなく注文する。店のオーナーやポールを知っている客たちには、別段変わったところもない光景。シモンはきっぱりした口調で自分の飲み物を注文し、ロジェは別のテーブルで、連れの女性にカクテルは何にするかと訊く。ポールはようやく目を上げると、シモンにほほえみ、ロジェのほうを見る。

あのひとを、愛している――入り口で意固地な様子のロジェを見たとたんに、ポールにはそれがはっきりわかった。彼女はまだロジェを愛しており、長くむなしい眠りから覚めたのである。ロジェも彼女を見つめ、ほほえみかけたが、そこでやめた。

「飲み物はどうします？」とシモン。「白ワイン？」

「そうね」

ポールはテーブルの上に置いた自分の両手を見つめ、きれいに並べられたナイフやフォークを見つめ、それからノースリーブの自分の腕にしっかり触れているシモンのジャケットの袖を見つめた。そしてあっという間にワインを飲んだ。

シモンの話しぶりには、いつもの活気がなかった。ポールからの――あるいはロジェからの、何かを待っているように。でも何を？　ポールが立ちあがって「失礼するわ、ごめんなさい」と彼に言うのを？　それとも部屋を横切っていき、ロジェに「もうじゅうぶん。帰りましょう」と言うのを？

そんなことは起こらなかった。大体今の時代には、賢明なこともデリケートなことも、もう何も起こらなくなった。

食後、彼らは踊った。

　ポールはロジェを見た。今度ばかりはそう悪くない褐色《ブルネット》の髪の女性に両腕をまわし、あいかわらず不器用な足どりで揺れ動いている。彼女の目の前で。と、シモンが立ちあがった。彼はダンスが上手《うま》く、スリムでしなやかで、目を軽く閉じてメロディーを口ずさんでいる。ポールは彼にリードをまかせた。

　だが一瞬、素肌の腕が、ブルネットの背中にまわされているロジェの手に軽く触れて、ポールは目を開けた。ふたりは――ロジェとポールは、それぞれ「別の人」の肩ごしに、見つめあった。リズムもなく、動きもほとんどないスローダンス。ふたりは十センチの至近距離で、無表情のまま、じっと見つめあった。ほほえみも交わさず、一見知りあいでさえないようだったが、そのとき不意に、ロジェの手がブルネットの背中を離れて、ポールの腕に伸びてきた。そして五本の指先で彼女の肌に触れると、あまりにすがるような表情を浮かべたので、ポールは思わず目を閉じた。シモンがターンして、そこでふたりは互いを見失った。

　その晩、ポールは疲れていると言って、シモンと寝るのを拒んだ。ほんとうはそれほど疲れてはおらず、彼女はベッドのなかでずっと目を開けていた。次に起きることはわかっていた。ほかに解決策はないこと、もはやまったくないことも、わかっていた。彼女は闇のなかであきらめ、それを受け入れた。喉がきゅっと締めつけられた。

深夜、彼女は起きあがるとリビングへ行った。シモンがソファで眠っている。寝室から斜めに入ってくる光で、横になっている若者の体と、その体が寝息でかすかに波打っているのが見える。枕に押しつぶされた顔、うなじに浮き出た二本の頸骨《けいこつ》のあいだの溝。それらを彼女は見つめた。自分自身の青春が眠っているのを、見つめた。

だが彼が光のほうへ、わずかに声を漏らしながら寝返りを打つと、彼女は逃げだした。彼に話す勇気が、すでになくなっていた。

翌朝、ポールが出勤すると、ロジェから速達が来ていた。「きみに会わなくちゃならない。こんなことはもう続けられない。電話してくれ」

ポールは電話した。そしてその夜、六時に会うことになった。ところが電話を切って十分後、ロジェが現れたのだ。女性向けの店で、大きな体をもてあまし、とまどっている。ポールは彼のほうに向かい、籐《とう》張りや金色の椅子でいっぱいの小さなサロンに連れていった。悪夢のようなインテリア！　だがそこではじめて、ポールは彼をまっすぐ見た。ほんとうに、彼だった。

彼はポールのほうに一歩踏み出すと、両手を彼女の肩に置いた。そして何か口ごもった。感情があふれてどうしようもないしるしだ。

「ほんとうに、つらかった」ロジェが言った。

「わたしも」

ポールは自分がそう答えるのを聞き、彼にすこしだけもたれかかると、とうとう泣きだした。今言ったことを許してと、心のなかでシモンにあやまりながら。

ロジェは彼女の髪の上に顔をのせると、「よしよし、泣くな」と間の抜けた声で言った。

「わたし、がんばったの」彼女がようやく、詫《わ》びるように言った。「わたし、がんばったのよ……ほんとうに……」

そして思った。これはこのひとに言うことじゃない。シモンに言わなきゃいけないことだ。ポールは混乱した。人はいつも注意していなくてはならない。ひとりの人に何もかも言うことなど、けっしてできないのだから。

ポールは泣きつづけた。顔も動かさずに。ロジェは黙っている。

「何か言って」ポールがささやいた。

「孤独だった」とロジェ。「よく考えてみたんだ。そこにすわって。ほら、ハンカチ。今から説明する」

ロジェは説明した。女には気をつけなくてはならない。自分は軽率だった。何もかも自分のせいだったとわかった。きみの行動をとやかく言うつもりはない。これから、もうこの話はよそう。

ポールは「ええ、ええ、ええ、ロジェ」とうなずきつづけ、また泣きたくなって、笑いだした。同時にロジェの体の、タバコの、なつかしいにおいを吸いこんで、救われた気がした。そして、途方に暮れた。

十日後、ポールは家にいた。シモンとふたりきりで過ごす最後のひとときだった。

「これ、忘れてる」とポール。

彼女はネクタイを二本差し出した。シモンのことは見なかった。もう力尽きたような気がしていた。荷づくりを手伝って、すでに二時間ほど。恋する青年の、そう多くはない、でも乱雑な荷物。しかもそこらじゅうから出てくるのだ——シモンのライター、シモンの本、シモンの靴。彼はひとことも口をきかず、よく持ちこたえていたが、自分の喉を締めつけているものが何かよくわかっていた。

「もういい」彼は言った。「あとはここの管理人のところに、置いといてくれればいいです」

彼女は答えなかった。シモンは自分のまわりを見まわし、〈これで最後、これで最後なんだ〉と思おうとしたが、うまくいかなかった。体が神経質に震えている。

「忘れないわ」ポールが言って、彼のほうに目を上げた。

「ぼくも。これは別のことだ」と彼。「別のことなんだ」

シモンは途中でふらつき、それから憔悴《しょうすい》した顔を彼女のほうに向けた。彼女は今一度、彼を抱きしめた。彼の苦しみを抱きしめた。かつてその幸福を抱きしめたように。そしてこんなにも激しく美しい苦しみを、羨《うらや》まずにいられなかった。自分はもう二度と味わうことのない、美しい痛み――。

シモンは急に体を振りほどくと、荷物も持たずに出ていった。ポールは追いかけ、階段の手すりから身を乗り出すと、彼の名を呼んだ。

「シモン、シモン」そしてなぜかこう言い足した。「シモン、わたしもう歳《とし》なの、歳なの……」

だがシモンは聞いていなかった。目に涙をあふれさせ、階段を駆け下りている。まるで祝福された人のように走っている。彼は二十五歳——。

ポールはそっとドアを閉めると、ドアを背に、もたれかかった。

八時。電話が鳴った。受話器を取る前から、もうどんな電話かわかっていた。

「悪いんだけど」ロジェが言った。「仕事の会食が入っちゃって。行くのは遅くなる。あの……」

訳者あとがき

「わたしの作品にはテーマが二つあります。（中略）恋愛と孤独。孤独と恋愛という順で言ったほうが正しいかもしれません、主要テーマは孤独のほうですから」（『愛と同じくらい孤独』より　フランソワーズ・サガン　朝吹由紀子訳　絶版）

本作『ブラームスはお好き』（原題：*Aimez-vous Brahms...*）の著者フランソワーズ・サガンは、かつてインタビューのなかでそう語っていた。今、本作を読み終えたばかりの方も、この言葉を知ると、サガンらしいラストの余韻にいっそう浸れるかもしれない。

孤独と恋愛——この言葉のとおり、サガンは恋愛小説の名手と謳《うた》われ、かつて日本で、そして世界で、絶大な人気を誇った。いや今も、その人気は深く静かに続いているのだろう。恋や愛、そして人生に悩むとき、サガンの小説を手にした人は多いにちがいない。舞台はパリかフランスの美しい街、登場人物は裕福で洒落《しゃれ》た男女、パーティーやきらびやかな会食が開かれ……と進む物語が多いので、読んだからといって、自分の人生や恋に何か変化がもたらされるわけでもないのだが、それでもサガンの小説からは、傷ついた心や悩める思いにそっと寄り添ってくれるような、ひそやかなやさしさがいつも沁《し》みてきた。情景描写や心理描写もこまやかで、映画を見ているようなあざやかさと、文章ならではの繊細さに包まれて、胸を打たれたりため息をついたりしたものだ。

部屋の本棚に目をやれば、サガンの文庫版の、青みピンクの口紅のような色をした背表紙が、今もずらりと並んでいる。翻訳する機会をいただいた晩年の『愛は束縛』、『逃げ道』（ともに新潮文庫　絶版）、『打ちのめされた心は』（河出書房新社）も、その端に加わっている。そしてそんな多くのサガン作品のなかでも、『ブラームスはお好き』は、ひときわ鮮烈で、みずみずしく、心の震えのようなものが残る恋愛小説だ。

舞台は秋から冬へのパリ。主人公は三十九歳のポール。四十の大台を前に、「若い」ではなく「若々しい」と言われるようになり、女性としてのカテゴリーが変わってきたのを感じている。かつては他人から見れば申し分のない男性と結婚していたが、話も感覚も合わなくなって、離婚。その後はインテリアデザイナーとして、自分で自分の生活を支えてきた。この六年は、トラック運送業の経営者ロジェとつきあっていて、そのバイタリティーや独特なあたたかみを愛しているし、ロジェもやさしく気品あるポールを愛しているのだが、それ以上に彼は自分の自由が大事なタイプで、いつまでたっても結婚しようと言わないどころか、浮気が趣味のような女好きだ。そこへ二十五歳のシモンという美青年が現れて、すこし悲しげなポールにひと目惚《ぼ》れする。ロジェのほうも、メイジーという奔放で野心的な女の子にからめとられて、四人それぞれの恋が動きだす。

ここでひとつ押さえておきたいのは、当時の時代の空気だ。なにしろ本作が発表されたのは、一九五九年（昭和三十四年）。フランスでも社会はまだ男性中心で、女性が自立してやっていくには、今からは考えられないような困難があったことだろう。夫婦や恋人どうしでも、女性のほうが無意識のうちにも弱い存在だったはずだ。ポールが折に触れ自分の年齢やシモンとの年齢差を気にするのは、そんな空気からきているのだと思う。キャリアウーマンとしての自負を持ちながら、ふと男性に完全に守ってもらいたいと望んでしまうのもそうだろう。そしてそれでも自立して自由に生きようとしてきたポールには、人知れず我慢したり、涙を飲んだりしながら心の底に押しこめ、蓋《ふた》をした思いがたくさんあったにちがいない。

その重い蓋を取って、「突然、忘れていたものすべて、意識的に避けていた問いのすべて」をよみがえらせ、生き生きと幸福をつかもうとしていたころのポールに引きもどそうとするのがシモンだ。「あなたは孤独の刑に処せられるでしょう」と痛いところを突き、「ブラームスはお好きですか？」と、まるで高校生のようにナイーブな問いかけをしてデートに誘い、雨のなか、彼女に会いたい一心で、ずぶ濡《ぬ》れになりながら待ちつづけるといったひたむきさで。その思いにこたえ、冬の風に髪を乱されながら、オープンカーのなかではじめてキスをかわす場面は、いつまでも胸に残る。

ほかにも、五感に訴えかけてきて忘れられなくなる場面や表現はたくさんある。雨に濡れて光るパリの道路、涙でかすむ車のフロントガラス。雨のあとに広がる太陽の光、森の湿り気や落ち葉を焚《た》くにおい。昇りつめるヴァイオリンの音色や鳥の鋭い鳴き声、カクテルやワインの味わい。そしてロジェのあたたかい大きな手、シモンのシャツの下の熱い肌……。

サガンの文章は、こうした描写をカンマや倒置を多用した濃密な長文でおこなっているのが特徴的だ。ひとつの表現を言いかえたり、別のイメージを重ねようとしたりすることも多いが、不意にややシニカルなユーモアやひねりのあるエスプリが現れて、驚かされたり、にやりとさせられたりもする。リズミカルで音楽的で、詩のようでもあり、それを日本語に構築しなおしながら原文の味わいを伝えようとするのは、とても難しいが、とても楽しくもある。そのようなわけで、翻訳では、今の日本の読者にその味わいがなるべくよく伝わるよう、原文より多く改行をおこなった。

サガンは、作家のなかでは特にプルーストが好きだと、いろいろなインタビューで述べており、〈なるほどそれでこのような文体に〉とかねてから思っていたが、実際、本作の最初のほうで、手をバスタブの水に浸したとたん、ヨットから手を伸ばして海の水に浸した二十五歳のときのことがよみがえってくる場面などは、お茶に浸したマドレーヌから過去が立ちあがってくる『失われた時を求めて』を彷彿《ほうふつ》とさせる。

また個人的には二〇一〇年に『青い麦』を、二〇一九年に『シェリ』を（ともに光文社古典新訳文庫）訳す機会に恵まれた経験から、コレットの影響もあったのだろうと感じる。コレットもプルーストを敬愛していたそうで、そのためか、やはり詩のような散文だと思いながら訳したものだが、その原文は、マルセル・ジラールという評論家に「宇宙のきらめきを奇《き》蹟《せき》的に表現している」（『青い麦』堀口大學訳の解説より渡辺淳訳　絶版）と絶賛されたほどだ。

サガン自身がコレットへ、できあがったばかりの『悲しみよ　こんにちは』に、「尊敬を込めて」から始まる短いメッセージを書いて贈ったというエピソードもある（『サガン　疾走する生』マリー＝ドミニク・ルリエーヴル　永田千奈訳　絶版）。一九五四年のことだろう。この年の春、サガンは十八歳でデビューし、奇《く》しくも同じ年の夏、コレットは八十一歳でその生涯を閉じた。

そしてサガンのそんなデビューから四作目となったのが、『ブラームスはお好き』。二十四歳のときの作品だ。そのような若さで三十九歳のポールを描き切るとは、やはり並大抵ではない才能と、プルーストやコレットをはじめとした膨大な読書経験のなせるわざなのだろうと感じ入るが、より具体的には、『シェリ』に触発されたところがあったように思う。

登場人物たちの年齢設定や職業、人物の描写や三角関係、ちょっとした場面やラストシーンなど、読み比べてみると、時代の差や作品の描かれ方の違いも感じられて興味深く、それぞれの味わいもまた深まる。『シェリ』は十九世紀の、本作は二十世紀なかばならではの愛の物語として胸を打つが、特に本作のラストの部分では、理性ではどうにもならない恋愛の本質のようなものが迫ってきて、せつない。

ところで、作家はモデル探しをされたり、自分を登場人物に重ねられたりしたくないものだろうが、本作の扉にひとこと「ギィに」とあるのは、やはり気になる。このギィとは、サガンの最初の夫、ギィ・シェレール。彼女が「本気で愛した男が一人だけいるとすれば、ギィ・シェレールだろう」（『サガン 疾走する生』前出）という人だ。サガンの二十歳年上で、出会ったときには大手出版社の編集者だったそうだが、「背が高く上品で、文学的素養があり紳士的」。サガンのほうがあこがれて、本気になったという。ところが彼は、いわゆるプレイボーイで、当時のトップモデルたちと親しくなっては派手に連れ歩いたりもし、サガンは彼とつきあっていた二年間、ずいぶん苦しんだそうだ。そこで一度距離をおくことにして、友人たちとパリの南にある美しい村に向かった。

　こう聞くと、どうもこのギィから、本作のロジェが生まれたように思えてならない。そして現実の世界では、村に向かったその翌日、サガンは愛車で大事故を起こし、九死に一生を得たのだった。

　サガンの知性に惹《ひ》かれていたギィは、彼女の入院中にプロポーズしたとのことだが、結婚後も美女たちとの遊び方は変わらず、サガンは疲れ、不機嫌になっていき、ある日夕食のテーブルで彼に話したいという気も起きないことに愕然《がくぜん》として、自分から出ていくと告げたという。だがその後も、ギィは親しげに電話をかけてきては、肝心なことを何も言わずに切るということをくり返し、サガンの心はますます傷ついていった。

もちろん二人にも幸せな時間はあり、後にギィは、「サガンと結婚したことこそ、人生のなかで最良の決断だった」と語ったそうだ（『サガン 疾走する生』前出）。特にある夏の夕刻、南仏の丘をくだってサントロペまで、ギィの運転でドライブしたときには、サガンが助手席で『ブラームスはお好き』の原稿を声に出して読みあげ、ギィにとっても「神々《こうごう》しいまでに至福のひととき」だったと回想している。

ギィと別れた後も、サガンにはいくつかの恋があり、六二年にはアメリカ人ボブ・ウェストフと再婚した。そして息子ドニが生まれたが、ボブに男性の恋人ができて、二年足らずで離婚。ただ、ボブとはその後もいっしょに暮していたそうだ。そんななかでも作品をつぎつぎ発表し、そのどれもが話題になって、映画化されることも多かった。

『ブラームスはお好き』も、『さよならをもう一度（原題：*Goodbye Again* 一九六一年）』というタイトルで映画化され、当時、日本でも公開された。私は中古のＤＶＤで観《み》たが、ポールにイングリッド・バーグマン、ロジェにイヴ・モンタン、シモンにアンソニー・パーキンスという豪華なキャストだ。さらに衣装はディオール、デザイナーはサンローラン。アンソニー・パーキンスは、その年のカンヌ映画祭で最優秀男優賞を受賞している。ただアメリカ映画なので、フランス語ではなく英語を話しているし、名前もポールはポーラ、シモンはフィリップなどと替えられて、原作とはすこし雰囲気が違う。

コンサートの場面では、ブラームスの交響曲第三番の、愁《うれ》いを帯びた第三楽章や、交響曲第一番の朗々とした第四楽章などが流れて華やかだが、これも本作には、交響曲ではなく「協奏曲《コンチェルト》」と書かれている。ヴァイオリンの音色の描写なども出てくるので、サガンの頭のなかではブラームスのヴァイオリン協奏曲が鳴っていたのではないだろうか。

またブラームスは日本では人気があり、私も好きなのだが、フランスでは必ずしもそうではないと聞く。ポールがつぶやいているように、モーツァルトは好まれ、ロジェが好きだというワーグナーも一定の人気があるそうだが、ブラームスはどうも重いと敬遠されるようだ。たしかに、フランス生まれのドビュッシーやラヴェルなどの音楽と比べると、ブラームスは洗練されていない印象なのかもしれない。そんな音楽を「お好きですか？」と彼女を想《おも》う青年が愚直に訊《き》き、その言葉をそのままタイトルにしたところにも、孤独と恋愛を見つめるサガンならではのまなざしを感じる。

最後になったが、今回はじめてサガンを読んでくださった方のために、彼女の略歴をふり返っておこう。

フランソワーズ・サガンは一九三五年、フランス南西部ロット県カジャール（日本ではこれまで「カジャルク」と記されてきた）の裕福な家庭で、兄と姉のいる末っ子として生まれた。そして一九五四年、十八歳で、ジュリアール社に原稿を送った『悲しみよこんにちは』が刊行されると爆発的に売れはじめ、文壇でもバタイユ、カイヨワといった審査員たちに評価されて「批評家賞」を受賞。ノーベル賞作家モーリヤックにも「魅力的な小さい怪物」(charmant petit monstre) と讃《たた》えられ、人気は決定的になった。作品はおよそ二十五か国で翻訳され、映画化もされて、主演のジーン・セバーグのショートヘアが「セシル・カット」と呼ばれ、これも大流行。

サガンはまだパリ大学《ソルボンヌ》文学部の学生だったが、シックなリトルブラックドレスを着てナイトクラブのパーティーに出かけ、いつも男性たちに囲まれて、愛車のジャガーやアストンマーチンを飛ばし、大金を賭《か》けてギャンブルにも興じるというライフスタイルで、マスメディアも追いかけまわして「サガン現象」という言葉が生まれたほどだった。

だが一九五七年、先に触れたとおり、愛車で大事故を起こす。五八年にギィ・シェレールと結婚。二年後に離婚。六二年に再婚。息子が生まれたが、二年足らずで離婚。作家としては、小説のほかシャンソンや戯曲も書き、歌手ジュリエット・グレコ、バレエダンサーのルドルフ・ヌレエフ、哲学者サルトル、ミッテラン元大統領などという錚々《そうそう》たる人々とも親交を結んだ。しかし九〇年代に入ると、自動車事故での入院治療中に中毒となった麻薬の不法所持や常用で有罪判決を受けたり、旧国営石油会社から受けた資金の脱税で禁固一年の執行猶予《ゆうよ》付き判決を受けたりと、スキャンダラスなニュースが続いた。そして二〇〇四年、六十九歳で逝去。時の大統領シラクは、「彼女の死とともに、フランスはもっとも聡明《そうめい》で繊細な作家のひとりを失った」と哀悼の意を表した。その後二〇一〇年には、息子ドニの手で、「フランソワーズ・サガン賞」が設立されている。

翻訳に際しては、上智大学外国語学部フランス語学科のシモン・テュシェ教授はじめ、新潮文庫編集部、校閲部のみなさんなど多くの方々にお世話になった。ありがとうございました。また、物語の舞台パリに誘《いざな》ってくれるようなカバー絵を描いてくださった北住ユキさんと、装幀部のみなさん、すばらしい帯文を書いてくださった上白石萌音《もね》さんにも、心から感謝申し上げます。

フランスでpetite musique《プティット　ミュージック》（ちょっとした素敵な音楽）とかdoux amer《ドゥ　アメール》（ほろ苦い）などと評されてきたサガンの名作のひとつを、この新訳であらためて味わっていただけますよう願って。

サガン没後二十年の春に

河野万里子

この作品は訳し下ろしです。

Title : AIMEZ-VOUS BRAHMS...
Author : Françoise Sagan

ブラームスはお好《す》き

新潮文庫　サ－2－4

Published 2024 in Japan
by Shinchosha Company

令和六年五月一日発行

訳者　河《こう》野《の》万《ま》里《り》子《こ》

発行者　佐藤隆信

発行所　株式会社 新潮社

郵便番号　一六二―八七一一
東京都新宿区矢来町七一
電話 編集部(〇三)三二六六―五四四〇
　　 読者係(〇三)三二六六―五一一一
https://www.shinchosha.co.jp

価格はカバーに表示してあります。

乱丁・落丁本は、ご面倒ですが小社読者係宛ご送付ください。送料小社負担にてお取替えいたします。

印刷・株式会社三秀舎　製本・株式会社植木製本所

ISBN978-4-10-211829-0 C0197

Shinchosha